L'Étranger

異鄉人

卡繆 著
Albert Camus
張一喬 譯

Albert Camus
作者介紹

麥田編輯部整理

堅稱「我不是存在主義者」的存在主義代表作家卡繆

生於北非法屬殖民地窮困的工人家庭

總是菸不離手、帶著一抹滿不在乎的微笑、眼裡流露出彷彿洞悉一切的眼神，被譽為「存在主義代表作家」的卡繆，一九一三年十一月七日生於當時為法屬殖民地的阿爾及利亞。他的父親是個孤兒，原為酒窖工人，在卡繆一歲時死於一次世界大戰。母親近乎全聾、口吃且不識字，丈夫死後只得投靠卡繆的外婆。此時外婆已罹患肝癌，行將就木，與他們同住的一位舅舅又癱瘓，就這樣，外婆、母親、兩位舅舅，加上哥哥與卡繆，貧困艱苦的一家三代六口人擠在培爾克（Belcourt）工人住宅區狹小的公寓中，沒電可用，也沒有抽水馬桶，卡繆便在如此匱乏的條件下長大，夾處在多數阿拉伯人與少數歐洲混合血統的移民之中。

卡繆的母親總是鬱鬱寡歡。為逃避不愉快的家庭生活，卡繆專注於課業及體育活動。小學老師路易士．吉爾曼（Louis Germain）發現了他的天賦，不止為他爭取到高額獎學金，更悉心教導，幫助他通過畢業會考，進入阿爾及爾中學就讀。中學時期的哲學課老師尚・格勒尼埃（Jean Grenier）則將柏格森與尼采的思想介紹給卡繆，也讓卡繆認識了工聯主義，爲卡繆日後選擇就讀哲學系及加入阿爾及利亞共產黨埋下種子。

掙得一家之言地位，卻驟然隕落的諾貝爾文學獎巨星

十七歲起，卡繆的閱讀領域愈趨廣博，除了法國經典文學，也涉獵當代作家作品，如紀德（André Gide）、蒙泰朗（Henry de Montherlant）、馬勒侯（Andre Malraux）等，進而萌生走上寫作之路的想法。童年的成長背景更使得貧窮成爲他作品中的一大主題，此一特點在統稱爲「阿爾及利亞時期雜文」（Écrits algériens）的文集《非此非彼》(*L'Envers et l'Endroit*)、《婚禮》（*Noces*）和《夏日》(*L'Eté*)中最爲顯著。

大學時期的卡繆對戲劇產生興趣，爾後創作的劇作《誤會》（*Le Malentendu*）與《卡利古拉》（*Caligula*）皆爲「荒謬劇」立下里程碑。大學畢業後，卡繆曾加入反殖民主義刊物《阿爾及爾共和報》（*Alger-Républicain*）成爲記者，專寫有關北非卡拜爾地區阿拉伯貧民的相關報導，後來收入他的《時事論集》（*Actuelles*）中。

二次大戰期間，對人之存在抱持荒謬觀的卡繆，出版了最能體現他這種觀點的代表作——小說《異鄉人》（*L'Étranger*）和長篇論說文《薛西弗斯的神話》（*Le Mythe de Sisyphe*）。另方面，也加入地下刊物《戰鬥報》（*Combat*）反抗納粹德國的行列，以筆代槍積極參與政治活動。

此時的卡繆已是法國文壇舉足輕重的人物，繼「荒謬之作」（**L' Absurde**）《異鄉人》，卡繆關注的焦點轉向「反抗」，並留下「我反抗，故我們存在」（**Je me révolte, donc nous sommes.**）的名言，第二部小說《鼠疫》（*La Peste*）及第二部長篇論述作品《反抗者》（*L'Homme révolté*）成爲他最具代表性的「反抗之作」（**La Révolte**）。

一九五七年，四十四歲的卡繆榮獲諾貝爾文學獎，成爲首位生於非洲的獲獎人，同時也是僅次於吉卜林（**Rudyard Kipling**）第二年輕的得主。然而，得獎後三年，卡繆就死於一場車禍意外，一代大師驟然隕落，是最爲早逝的諾貝爾文學獎得主。

鼓吹「正因為人生荒謬，更應面對並繼續活下去」的存在主義文豪

一九四〇年，二十八歲的卡繆來到法國任《巴黎晚報》(*Paris-Soir*)記者。不久，納粹占領巴黎，《巴黎晚報》轉移陣地至克萊蒙費朗（Clermont-Ferrand）。納粹離開後，卡繆則來到波爾多（Bordeaux）。在這段顛沛流離的期間，卡繆只攜帶重要物品的簡單行囊裡有三份他稱之為「荒謬之作」（L' Absurde）的手稿，包括小說《異鄉人》、長篇論說文《薛西弗斯的神話》和劇作《卡利古拉》。正視人類處境及人自身的「荒謬」，正是卡繆的中心思想概念。對卡繆而言，「荒謬」並非一個負面的字眼，而是人存在的眞相，接受這個眞相等於是抱持一個切合實際的人生觀。而本書《異鄉人》可說是卡繆自虛無主義出發，在「終必一死」的前提下探究人生荒謬的處境與本質，並嘗試以莫梭這一「現代荒謬英雄」的角色，探求「非形而上」（主要指宗教）的倫理與道德存在的可能性的起點之作。

存在主義始於十九世紀，丹麥哲學家齊克果與德國哲學家尼采為其先驅，旨在探討人之存在的意義與本質等課題，是二十世紀對文學界影響最大的哲學思潮，傳入法國之後，造就了沙特、西蒙波娃、卡繆等重要作家。卡繆於一九五七年獲得諾

貝爾文學獎，頒獎詞中稱他爲「存在主義者」（existentialist）。而在這批法國存在主義作家中，卡繆與沙特更並稱爲二十世紀法國文壇雙璧。

卡繆對「荒謬」的觀點，以及出現在他作品中諸多與存在相關的課題，使他被普遍認爲是個存在主義者或荒謬論者。然而，對於這樣的身分或標籤，卡繆本人卻直言：「不，我不是存在主義者。」並表示他的長篇論說文《薛西弗斯的神話》是一部反存在主義的作品（見一九四五年《文學新聞》〔*Les Nouvelles Littéraires*〕卡繆與Jeanine Delpech的對談）。因此，儘管在文學史和哲學史上被定位爲存在主義大師，「卡繆是不是存在主義者」仍是學界或卡繆迷爭論不休的話題之一。

因含著對人類最深刻的愛而自然形塑的影響力與魅力

時至今日，卡繆筆下的世界仍舊一針見血地切中現代人的處境，並基於最強烈的道德人道主義的生命觀，渴望在人世間許多的不公與不仁中保持追求愛與幸福的能力，因而，卡繆筆下的靈魂人物跨越世代，觸動了千萬世人的心靈，尤其無數讀者從《異鄉人》主角莫梭身上找到認同。當代靈修大師多瑪斯．牟敦（Thomas Merton）、法國生物學家賈克．莫納德（Jacques Monod）、諾貝爾文學獎得主土耳其小說家奧罕・帕慕克（Orhan Pamuk）、巴基斯坦作家莫欣・哈密（Mohsin Hamid）等人的思想或寫作，皆受到卡繆的影響。《異鄉人》更曾分別被義大利導演維斯康提（Luchino Visconti）及土耳其導演澤基・德米爾庫布茲（Zeki Demirkubuz）改拍爲電影，日本電影《誰是卡繆》（カミュなんて知らない）、英國傳奇樂團怪人合唱團（The Cure）首張單曲專輯《殺個阿拉伯人》（*Killing an Arab*）、美國搖滾樂手約翰・伏許安（John Frusciante）所創作的歌曲〈海灘上的阿拉伯人〉（Head (Beach Arab)），靈感皆來自《異鄉人》。美國漫畫家史帝夫・吉爾伯爾（Steve Gerber）表示卡繆對他的作品影響甚巨，甚至他所創作的漫畫人物「鴨子霍華」（Howard the Duck）就是「帶有幽默感的莫梭」。足見卡繆的觀點不止在文學與哲學等領域持續發酵，卡繆的魅力甚至擴及流行文化。

Première partie

第一部

今天，媽媽走了。又或者是昨天，我也不清楚。我收到了養老院的電報：「母歿。明日下葬。節哀順變。」這完全看不出個所以然。也許是昨天吧。

1

今天，媽媽走了。又或者是昨天，我也不清楚。我收到了養老院的電報：「母歿。明日下葬。節哀順變。」這完全看不出個所以然。也許是昨天吧。

養老院在馬悍溝，離阿爾及爾有八十公里路程。我坐兩點鐘的公車過去，下午可到；這樣一來我就能爲媽媽守靈，明天晚上再回來。我跟老闆請了兩天的假，以這種理由他不可能拒絕我，然而他看起來還是不怎麼情願。我甚至跟他說：「這不是我的錯。」他沒有回話，讓我覺得自己有點不應該。但無論如何，我沒理由感到抱歉，反倒是他才應該對我表達慰問，不過後天當他看到我服喪時，大概就會向我致哀了。現在還有點像媽媽沒過世一樣，等葬禮過後，事情就告一段落，一切都會回到正軌。

我搭兩點的公車。天氣很熱。和往常一樣，我在賽勒斯特的餐廳吃了飯。

他們都替我感到難過，賽勒斯特跟我說：「畢竟每個人都只有一個媽媽。」我要離開的時候，他們一起送我到門口。我有點手忙腳亂的，因爲得上艾曼紐那兒向他借黑領帶和臂紗。幾個月前他的伯父過世了。我跑著趕路，深怕錯過公車；也許正是因爲這一連串的心急、追趕，加上路途顛簸、汽油的味道、刺眼的陽光和路面反射的熱氣，我昏昏沉沉，一路上幾乎都在睡覺。醒來時，我靠著一個軍人，他對我微笑並問我是否從很遠的地方來，我只簡短回了聲「對」，好不必再繼續聊下去。

養老院離鎮上還有兩公里，我走路過去，到達時我想馬上去看媽媽，可是門房說我得先去見院長。他當時正在忙，所以我等了一會兒，門房在我等待的同時繼續攀談著，然後我見到了院長，他在辦公室裡接待我。他是個矮小的老人家，身上配戴著榮譽勛位勳章，一雙清澈的眼睛看著我，跟我握手寒暄，久久不放，教我不知怎麼把手收回來。他看了卷宗後對我說道：「莫梭太太是三年前來的，你是她唯一的支柱。」我以爲他有責怪我的意思，便開始說明緣由，但他打斷了我：「孩子，你不必解釋這些。我看過你母親的資料，你無力負擔她的需求，她要人照護，你僅有一份微薄的薪水。而且她在這裡比較開心。」我回答：「是的，院長先生。」他接著道：「你知道嗎？她在這裡交了朋友，是些跟她年齡相近的人，她可以跟他們分享同一個年代的話題。你年紀輕，她跟你在一起會覺得比較無趣。」這是眞的。媽媽住家裡時，每天只是沉默地看著我度過。初到養老院時，她經常哭，但那只是因爲不習慣；若是幾個月後把她接走，她還是會難過，同樣是不習慣使然。有點因爲這樣，過去一年我幾乎沒來看她，再加上來一趟我的整個週日就泡湯了，更別提還得買票、趕公車和花上兩小時的車程。

院長繼續和我說話，可我幾乎無心聽下去，接著他說：「我想你一定想看看母親吧。」我一語不發站了起來，他便領著我往門口走去。在樓梯上他解釋道：「我們將她移到太平間，以免影響其他人。每次有院友過世，其他人都會不安個兩三天，這會給同仁造成困擾。」我們穿越庭院時，老人家三五成群在那裡閒聊，就在我們走過時突然靜下來，接著又繼續在我們身後交談，活像啞著嗓子的聒噪鸚鵡。院長在一棟小型建築物門前停下：「我就不打擾你了，莫梭先生。如果有任何需要，我就在辦公室裡。原則上，葬禮的時間訂在早上十點。我們設想如此一來，你便能爲往生者守靈。還有最後一件事：你母親似乎經常對同伴提起，希望能採宗教儀式下葬。我已自行做了安排，不過還是讓你知道一下。」我向他道謝。媽媽雖然不是無神論者，在世時卻從來沒對宗教產生任何興趣。

我開門走了進去，裡面相當明亮，純白的石灰牆面，屋頂是透明的玻璃天窗。太平間裡放著一排排椅子，中央架著一具棺材，上頭立著幾根銀亮的螺釘，僅淺淺鎖進深褐色的棺蓋。棺木旁有個穿著白色工作服的阿拉伯護士，頭上戴著顏色鮮豔的頭巾。

這時候，門房從我後頭出現，他應該是跑著趕過來的，說話有點喘吁吁地：「棺蓋只是暫時闔上了，我這就把釘子取出來，讓您看看她。」正當他要靠近棺木時被我制止。「您不想看嗎？」他問道，我回答：「不想。」他頓時愣住，讓我有些尷尬，覺得或許不該這樣說。過了一會兒，他看著我問：「爲什麼？」語氣中不帶一絲責備，似乎單純只是好奇。我說：「我不知道。」我瞥見他嘴上白色的鬍子動了動，接著他避開我的目光說：「我了解的。」他的眼睛很美，是淡藍色的，兩頰紅潤。他爲我搬了張椅子，然後坐在我後面。此時看護起身往門口走去，門房悄聲告訴我：「她臉上長了瘡。」我一時意會不過來，於是朝她望去，原來她整張臉罩著紗布，只露出眼睛，連鼻梁的部分也很平整，除了雪白的紗布外，什麼也看不見。

她出去以後，門房對我說：「那麼我就先離開了。」我不知道做了什麼手勢，他最後還是沒走，站在我後頭，令我很不自在。黃昏的柔美陽光塡滿整個房間，兩隻大胡蜂停留在天窗上嗡嗡地叫。一股睡意朝我湧來，爲了提振精神，我沒轉身就向門房問道：「您在這裡待了很久嗎？」他立刻回答：「五年。」彷彿一直在等我的問話。

之後他便打開話匣子跟我聊起來。他從沒想過餘生會是在馬悍溝的養老院當門房度過。他說自己六十四歲，是巴黎人，這時我打斷他：「哦？您不是本地人嗎？」不過我馬上想起在帶我去見院長之前，他曾跟我提起媽媽必須盡早下葬，因爲平原的天氣很熱，尤其是這一帶。這令他懷念起以前在巴黎的生活。在那裡，守靈可以長達三天，有時四天；但在這裡卻完全沒有時間，喪家還來不及接受噩耗，就得趕著把遺體送上靈車。他太太聽到急忙提點他：「好了，別再說了，這種事怎麼好意思跟先生說。」門房老先生臉一紅，趕緊向我道歉。我安慰道：「沒關係，眞的。」我覺得他所描述的既眞實又有趣。

在這小小的太平間裡，他對我說他剛進來時也是院友，因爲覺得身體還很硬朗，便自告奮勇擔任門房。我指出，雖然如此，總的來說他還是院友之一，他卻不這麼認爲。我之前已經注意到，他會用「他們」、「其他人」，偶爾還有「老人家」來稱呼別人，那些人當中有的甚至比他還要年輕。不過，他當然不一樣，他可是門房，某種程度上，其他人受他管轄。

看護這時又回來了。夜晚瞬間降臨，很快地，濃重的夜色籠罩天窗。門房扭亮電燈開關，我在突然轉換的燈光下一時什麼也看不見。他請我到食堂用晚餐，但我並不覺得餓，所以他提議給我帶杯牛奶咖啡；我同意了，因爲我很喜歡喝牛奶咖啡，不久他便端著個托盤回來。我喝完咖啡想抽根菸，卻有點猶豫，不確定是否能在媽媽面前抽。我想了想，實在沒什麼大不了的。於是我遞給門房一根菸，我們一起抽了。一會兒後，他對我說：「您知道嗎？您母親的朋友也會過來爲她守靈，這是慣例。我得去搬些椅子，煮一壺黑咖啡來。」我問他可否關掉一盞燈，白牆反射的燈光讓我眼睛很難過。他回說沒有辦法，裝置的設計便是如此——只能全開或全關。之後我就沒再多注意他，只知道他忙進忙出排椅子，在其中一張上頭擺了許多杯子，中間放著咖啡壺。工作完成後他在我對面、也就是媽媽的另一邊坐下；護士坐在同一邊的最裡面，背對著我，我看不到她在做什麼，但是從手臂的動作猜出她在打毛線。天氣很舒服，咖啡暖和了我的身子，夜晚的味道和花香從開著的門飄進來。我漸漸睜不開眼，打了會兒盹。

一陣窸窣聲把我吵醒。因爲剛剛闔過眼，整個房間顯得更白更亮了，眼前沒有一點陰影，而每件擺設、每個角落和所有的線條，益發俐落得刺眼。媽媽的朋友們是這時候進來的，一行總共十幾個人沉默步入這令人目眩的燈光中。他們靜悄悄坐下，沒有一張椅子發出聲響。我仔細地打量每個人，不放過任何臉部或衣著的細節，然而這群人的靜謐卻讓我感覺不到他們存在的眞實。女院友幾乎清一色穿著圍裙，腰間綁了帶子，鼓鼓的小腹更加明顯。我從來不知道原來女人老的時候肚子會是這麼大。男院友大多很瘦，拄著枴杖。他們的臉讓我印象特別深刻的是看不到眼睛，只看到皺紋凹陷處一點黯淡的微光。他們坐妥後，紛紛朝我拘謹地點點頭。由於這些人雙唇陷進沒有牙齒的嘴巴裡，我分不清他們是在跟我打招呼，還是在無意識地咂嘴。應該是打招呼吧。我發現他們全部圍繞著門房坐在我對面，微微地搖頭晃腦。霎時間我心中一股荒謬的感覺油然而生，彷彿他們是來審判我的。

忽然，一名女院友哭了起來。她坐在第二排，被前面的女同伴擋住了，我看不清她的模樣。她低聲啜泣，抽抽搭搭地，讓我覺得好像永遠停不下來，其他人卻彷彿聽不見一般。他們消沉、陰鬱且靜默，專注地盯著棺木、自己的枴杖或任何一樣東西。女院友繼續哭著，我非常訝異，因爲我完全不認識她。我眞希望她別再哭下去，可是又不敢告訴她。門房湊過去跟她說了兩句，但她搖搖頭，含糊地不知回答些什麼，繼續一陣一陣哭著。門房過來坐到我旁邊，沉默許久之後解釋道：「她跟您母親很要好。她說您母親是她在這裡唯一的朋友，現在她只剩自己一個人了。」

我無言以對，就這樣過了良久，女院友嗚咽的頻率漸漸趨緩，又連續抽噎了一陣子，終於安靜下來。我不再發睏，只覺得很累和腰痠背痛。此刻是這群人的死寂教我難受，僅偶爾聽見一種不知道是什麼的奇特聲音；長時間聽下來，我猜出是其中幾個老人在嘴裡吸吮兩頰所發出的怪聲，他們自己則完全沉浸在思緒之中，一點也沒察覺。我甚至覺得躺在中央的死者，對他們來說根本無關緊要。不過現在我相信那只是我的錯覺。我們喝了門房盛的咖啡，下半夜的事我已不太記得，印象中只剩一次我睜開眼睛，看到老人們全靠在彼此身上睡去，除了其中一個，緊抓住枴杖，以手背支撐下巴，一動也不動地望著我，彷彿就在等我醒過來。接著我又睡著了，最後是因爲腰愈來愈不舒服才醒的。曙光開始從天窗灑下。有個老人醒過來並咳嗽不止，他把痰吐在一塊大方格手帕裡，每咳一次的駭人聲響就像要嘔出血來。他吵醒了其他人，門房告訴他們是時候離開了，於是他們站起身，經過輾轉難眠的一夜，個個面如死灰。教我意外的是，出去之前，他們一一跟我握手道別，好似共度這完全沒有交談的一夜竟也拉近了我們的距離。

熬夜讓我很疲憊，門房帶我到他房裡稍作梳洗，我又喝了杯香甜的牛奶咖啡。當我出門時，太陽已經升起，在分隔馬悍溝和大海的丘陵上空留下一抹抹紅暈；從遠方吹來的海風有淡淡的鹹味，看得出一整天都會是好天氣。我已經很久沒有到鄉下走走了，我突然覺得，如果沒有媽媽的事，出來散步踏青該有多麼愜意。

雖然如此，我只能站在中庭裡一棵梧桐樹下等待舉行葬禮。清新的土壤味道撲鼻而來，使我睡意全消。我想起在辦公室的同事，此時他們正起床準備上班，對我而言，那永遠是最痛苦的一刻。我的思緒停留在這些事情上沒多久，便被建築內傳出的鐘聲打斷。從窗外隱約看出裡頭先是一陣嘈雜與忙亂，然後再次恢復寧靜。太陽又往天空正上方邁進一步，我的雙腳曬得發熱。門房穿越庭院而來，說是院長要見我，於是我過去他的辦公室，他讓我簽了幾份文件。院長一身全黑，搭配條紋長褲，他邊拿起電話邊詢問：「葬儀社的人已經到很久了，我現在要請他們過來給棺木封釘，你要先見母親最後一面嗎？」我回說不用了。他聽了以後壓低聲音在話筒裡吩咐：「菲賈克，跟他們說可以了。」

院長告訴我他會參加葬禮，我對他表達謝意。他交叉雙腿坐在辦公桌後面，表示除了看護以外，我跟他會是唯一出席的人。依照養老院的慣例，院友是只守靈而不參加葬禮的，「這是基於人道考量所做的決定。」他解釋道。不過這次他特別答應讓媽媽的一個老朋友也來爲她送行：「他的名字是湯瑪．菲赫茲，」說到這裡，院長笑了：「他和你母親幾乎形影不離，你了解嗎？這種情感有點像兩小無猜。在養老院裡，大家常拿他們開玩笑，問菲赫茲說：『你女朋友呢？』他聽了總是會心一笑，他們兩位都被逗得很開心。可想而知，莫梭太太的死對他影響很大。我想我不該拒絕他的請求，但由於醫生的囑咐，昨天晚上沒讓他來守靈。」

語畢，我們沉默了許久，院長才起身從辦公室窗戶往外看。突然他說道：「是馬悍溝的神父。他提早到了。」他向我說明，步行到村莊裡的教堂至少得走上四、五十分鐘，然後我們一起下樓。神父和兩個輔祭侍童站在太平間前面，其中一個男童提著香爐，神父正彎腰調整銀鏈的長度。他看到我們，立刻直起身子對我說了幾句話，並稱呼我爲「孩子」，領著我走進太平間。我一眼便看見棺木上的釘子已經鎖死，旁邊還站著四名黑衣男子；院長跟我說車子正在路上等，神父也誦起經來。從這時起，一切都進行得很快。黑衣人拿著蓋布走向棺木，神父、侍童、院長和我則先到外面等候。門外有位我不認識的女士，「這是莫梭先生。」院長向她介紹道。我沒記住那女士的名字，只知道她是駐院護士，她面無表情地朝我點點頭，瘦骨嶙峋的長臉上沒有一絲笑容。我們先是站到一旁讓棺木通過，接著跟在抬棺人後面走出養老院大門，門前停著一輛靈車，又長又光亮的模樣讓人聯想起鉛筆盒。靈車旁站著個打扮有點滑稽的矮小男人，他應該是禮儀師，另外還有一個侷促不安的老者，我知道他就是菲赫茲先生。他戴著圓頂寬邊軟氈帽（當棺木經過大門時他取下帽子致意），鬆垮的西裝長褲在鞋面交疊成好幾褶，白色襯衫的大翻領打了一個過小的黑領結，嘴唇在滿是黑頭粉刺的鼻子下顫抖著。最教我印象深刻的，是他稀疏白髮外露出的一雙下垂且蜷曲的耳朵，鮮紅的顏色跟他蒼白的臉色形成強烈對比。禮儀師安排每個人的行進次序：領頭的是神父，其次是靈車，車子周圍是四名抬棺人，其後是院長、我，以及隊伍尾巴的駐院護士和菲赫茲先生。陽光普照，肆無忌憚地爲地面加溫，熱氣快速攀升，一身深色喪服更讓我覺得酷熱難耐。我不知道爲什麼我們等了好一陣子才正式上路。老菲赫茲本來戴回了帽子，這會兒又脫了下來。我站的角度微微面朝他，院長跟我談到他時我正看著他。院長說我母親和菲赫茲先生經常在晚上讓一個護士陪著，散步到村莊去。我環顧四周景致來體會媽媽的心情：一排排柏樹綿延到遠方貼近天邊的山丘，一望無際的紅土綠地，一間間分隔甚遠、彷彿躍然紙上的房屋……這裡的夜晚該是像個憂鬱的休止符。白天，氾濫成災的日光讓在熱浪中融化的風景顯得無情且令人沮喪。

我們終於啓程，這時我才發現菲赫茲走起路來有點一拐一拐的。當靈車的速度愈來愈快，老人家便逐漸落後，脫離了隊伍；其中一個抬棺人也逕自讓車子超過去，退到我這一列來。我很訝異太陽升空的速度竟是這麼快，同時驚覺沿路田園裡到處都是蟲鳴和草地的沙沙聲。我頭上的汗不停往下流，因爲沒戴帽子，只好藉手帕搧風。葬儀社的員工見狀向我說話，我沒聽清楚。他邊說邊用右手掀開鴨舌帽簷，舉起左手手帕擦掉額頭上的汗。我問他：「您說什麼？」他指著天空重複道：「今天很曬。」我附和道：「對啊。」稍作停頓後他又說：「裡頭是您母親嗎？」我再回道：「對。」「她年紀很大了嗎？」我回答：「差不多。」其實我不曉得確切的歲數。之後他沒再多說。我回頭望見老菲赫茲距離我們大約五十米左右，努力擺動抓著氈帽的手加速趕路。我再看看院長，他維持著一貫的從容風度，行進中沒有任何不必要的動作，儘管額頭上冒出幾顆汗珠也不伸手去擦。

我覺得送葬隊伍前進的速度加快了些。四周依然是陽光普照、耀眼刺目的鄉間。自天空直射而下的烈日教人難以忍受。行程中有一段，我們經過最近剛重新鋪好的路面，太陽曬得柏油直發亮，踩在上頭的步伐陷進瀝青裡，留下許多閃爍的腳印。靈車上車夫油亮的黑皮帽彷彿就是這大塊黑泥漿揉成的。我迷失在天空的藍與白和柏油的稠黑、喪服的暗黑、靈車的漆黑……這些單調乏味的顏色裡。高照的豔陽、馬車的皮革和馬糞味、香爐的煙味，加上一夜未眠的疲倦，模糊了我的目光和思緒。我又回頭望了一眼——菲赫茲看起來離得很遠，被大片熱氣和煙霧淹沒，然後消失不見。我搜尋他的身影，發現他離開了馬路，轉進田野間；我看到前面的路開始轉彎，原來熟悉路況的菲赫茲打算走捷徑來追上我們。果然他從轉角處重新加入隊伍，接著又漸漸脫隊，並再次穿越田野，就這樣重複好幾次。我無心繼續留意，只覺得頭昏腦脹。

後來所有過程進行得太匆忙、太過精準和自然，沒能在我的記憶裡留下多少痕跡，唯有一件事例外——抵達村莊前，駐院護士曾跟我說話。她的嗓音很特殊，優美而顫抖，跟她的臉蛋完全不搭調。她說的是：「如果我們走得慢，很可能會中暑；可是如果走得太快，就會汗流浹背，進到教堂裡便容易著涼。」她說得有道理，這種狀況進退兩難，誰也無可奈何。此外，這一天在我腦海中還殘留著幾個影像，比如說，在村莊邊界，當菲赫茲最後一次回到送葬隊伍時他的模樣：豆大懊惱與痛苦的淚珠滾落他的臉頰，被遍布的皺紋截斷、分支又合流，在這心力交瘁的面容上化爲一面光潤的水膜。還有教堂和人行道上的村民，墳墓上的紅色天竺葵，像支離破碎的木偶般昏厥的菲赫茲，撒在媽媽棺木上血色的紅土和混在一起的白色根莖，人群、嘈雜聲、村莊、在咖啡館前的等待、無止境的隆隆汽車引擎聲，以及當公車駛進阿爾及爾明亮市區時我的喜悅，心想自己終於可以回家，倒頭便睡上十二個小時。

2

睡醒時，我才懂得為什麼老闆聽到我要請兩天假顯得不太高興，因為今天是星期六。我當初沒想到這一點，但起床時便發覺了。他必定是料想這一來，加上星期日我就有四天的假，當然開心不起來。不過第一，媽媽被選在昨天而不是今天下葬可不是我的錯；第二，無論如何，週六和週日我都放假。雖然如此，我還是能理解老闆當時的心情。

經過昨天的折騰，起床真是件苦差事。在浴室刮鬍子的時候，我一邊想著待會兒要做什麼，最後決定去游泳放鬆一下，於是搭了電車到港口的海水浴場，撲通一聲跳進水裡。這天有很多年輕人在戲水，當中我遇到了辦公室以前的打字員瑪莉．佳多納，跟她共事的時期我曾經很渴望她，我相信她也有同感，可惜她不久就離開了，我們根本沒機會發展。我幫她爬上游泳圈，在無意間碰到了她的胸部。我繼續留在水裡，她則躺在游泳圈上，轉頭對著我笑，臉上沾滿髮絲。接著，我也爬上去到她旁邊。天氣很宜人，水溫很舒適，我半開玩笑地頭往後仰，靠在她的肚子上；她什麼都沒說，所以我就這樣躺著不動，睜開眼淨是晴空萬里，藍金色的天空，後頭感覺瑪莉的肚子緩緩起伏。我們半睡半醒地在游泳圈上待了許久，當陽光愈來愈熱，她便潛入水裡，我跟著下去，追上後攔腰把她抱住，一起並肩游水。她始終開心地笑著。當我們在岸邊弄乾身子時，她對我說：「我曬得比你還黑。」我問她晚上要不要去看場電影，她又笑了，回答說想看一部費爾南德爾＊演的片子。我們換好衣服出來，她驚訝地發現我打著黑領帶，問我是否正在服喪。我告訴她媽媽過世了。她想知道是什麼時候的事，我回答：「昨天。」她聽了以後臉色微變，但沒表示什麼。我本想跟她說這不是我的錯，不過還是把話嚥了回去，想起同樣的句子我已經跟老闆說過了，結果也是無濟於事。儘管如此，人生在世總是免不了有點

＊Fernandel（一九〇三～一九七一），生於馬賽，為法國喜劇電影演員。

罪惡感。

到了晚上，瑪莉已經把事情忘得一乾二淨。電影許多橋段挺滑稽的，但情節眞是蠢得可以。我們並肩坐在戲院裡，她的腿靠著我的，我撫摸她的胸部。電影結束前，我笨拙地吻了她。散場後她便跟著我回家。

我醒來時，瑪莉已經走了。她說過得上嬸嬸家一趟。我想起今天是星期日，這讓我心煩。我從來就不喜歡星期日。於是我回到床上，在枕上尋找瑪莉頭髮遺留的海水味，然後又睡到十點；清醒後還繼續躺著抽菸，一直賴到中午。我不願意像往常一樣到賽勒斯特那兒吃午飯，他們一定會問我關於葬禮的事，我不喜歡這樣。但因爲家裡沒有麵包且懶得下去買，我只煎了幾顆蛋充當一餐。

飯後，我覺得有點無聊，在公寓裡閒晃起來。媽媽在的時候還好，現在這裡對我來說顯得太大了，於是我將餐桌移到了房間，生活起居全局限在臥室裡；每天觸目所及，就是幾張座位有點凹陷的籐椅、鏡子發黃的衣櫥、梳妝台和銅床架，其餘的空間成了無人使用的荒廢狀態。爲了找點事做，我拿了一份舊報紙來讀，剪下克魯中嗅鹽的廣告，貼在我蒐集趣味消息的剪貼簿裡。做完後我洗了手，走出房間坐在陽台上。

我的臥室面朝城區的幹道。這天下午天氣晴朗，路面油亮，行人稀疏且匆忙。我先是看見一家人外出散步，領頭的是兩個穿水手服的小男孩，短褲長過膝蓋，在他們漿挺的套裝裡顯得笨手笨腳；其次是個別著粉紅色蝴蝶結的小女孩，腳上穿著黑色漆皮鞋；殿後的是一身棕色絲綢洋裝、身形壯碩的母親，還有頗爲瘦弱、矮小的父親。他是這附近的熟面孔，我一眼便認了出來。他戴著窄簷扁草帽，打了領結，手上拿著枴杖。看到他跟太太走在一起，我便了解爲什麼大家會說他是個高尚有教養的人。他們經過不久，又來了群社區裡的年輕人，一身油頭、紅領帶、強調腰身的西裝外套、繡花口袋和方頭鞋的打扮。看他們這麼早出發，邊大笑邊趕著搭電車，我猜他們是要去市中心的戲院。

他們走後，路上逐漸變得空無一人。下午場的表演應該都開始了，街道上只剩看守的店員和貓。沿街成排的榕樹上，天空純淨無雲，卻不見燦爛陽光。對面菸草鋪的老闆搬出一張椅子擺在店門前的人行道，整個人跨坐上去，兩隻手搭著椅背。剛才擠滿人的電車現在幾乎淨空。菸草店旁是間叫做「皮耶侯之家」的小咖啡館，侍者在空蕩蕩的餐廳裡清掃地上的碎屑。眞是再典型不過的星期天午後。

我轉過椅子學菸草鋪老闆跨坐，因爲這樣更方便舒服一些。我抽了兩根菸，走進房間拿了一塊巧克力回來窗邊吃。一瞬間，天空變得陰暗，我以爲要下雷陣雨，誰知烏雲又慢慢散去；飄過的雲層爲整條路留下了雨的預兆，景物變得深沉。我望著天空的變化出神，就這樣過了良久。

五點一到，一班班電車在噹噹聲中抵達，從市郊足球場載回一群群掛在車階和欄杆上的觀衆。我從每個人隨身帶著的小行李箱看出，隨後而來的班次載的是出賽的球員。他們大聲唱歌，爲自己的隊伍高喊萬歲，有幾個抬頭朝我比手畫腳，其中一個還喊道：「我們贏了！」我回了一句：「幹得好！」一邊點點頭。這時起，大批汽車湧入市區。

天色再次轉變。屋頂上方，天空微微染紅。隨著夜晚到來，路上也變得熱鬧，散步的人漸漸回籠。那位高尚的父親又出現了，孩子們不是哭著，就是任大人牽著跌跌撞撞地向前走。沒多久，社區裡的戲院湧出散場人潮，年輕人的舉止比平常感覺更爲堅決有力，我猜他們看的是一部冒險電影。從市中心回來的則晚些才到，看起來比較嚴肅，雖然繼續說笑，但不時流露出疲累、若有所思。他們在街上逗留，徘徊在對面的人行道。社區裡的少女手勾著手走來，男孩子故意迎上與她們擦身而過，對她們說笑，女孩笑得花枝亂顫，頻頻回頭看，當中幾個我認識的也向我揮手打招呼。

路燈突然點亮，照得夜晚第一批升空的星星光芒黯淡。光線的變化，加上長時間注意大街上的人來人往，讓我的雙眼有點疲倦。街燈下潮濕的路面閃閃發亮，間歇駛過的電車車燈，映射在光亮的頭髮、唇紅齒白的笑容或銀手鍊上。不久後，電車班次漸漸變少，夜色愈來愈濃，不知不覺中街區已是人煙稀少，到第一隻貓緩緩穿越馬路的當兒，終於又恢復荒涼。我想起還沒吃晚飯。因爲靠在椅背上太久，起身時肩頸有些僵硬不適。我下樓買了點麵包和義大利麵，煮了晚餐後站著就把它解決。我本想到窗邊抽根菸，但晚上天氣轉涼，我覺得有點冷而作罷。我關上窗戶，回頭從鏡子裡看見餐桌一角的酒精燈旁躺著幾塊麵包。我心想星期天總算過了，現在媽媽已經下葬，我也要重回工作崗位。結論是，我的生活就跟從前一樣，什麼都沒改變。

3

今天整個早上我都很忙。老闆和顏悅色地問我會不會太累，並想知道媽媽的年紀。爲了怕弄錯，我回道：「六十幾歲。」我不懂爲什麼，他看起來像是鬆了一口氣，好像認爲整件事圓滿結束了。

桌上積了一疊厚厚的提貨單，我得全部整理過。午休之前，我洗過手才離開辦公室。我喜歡在中午洗手，因爲到了晚上，大家用了一整天的擦手巾老早濕透，原來舒適乾淨的感覺也大打折扣。有一天我跟老闆提起這件事，他同意這的確教人不快，但仍只是個無關緊要的小細節。我十二點半才跟運輸部的艾曼紐一起出來，比平時晚了些。從辦公室能俯瞰整個海港，我們花了點時間，停下來觀看炙熱太陽下港口裡的貨輪。就在此時，一輛卡車駛來，發出鏈條和引擎爆燃的巨響。艾曼紐問我想不想試試跳上去，我聽了便開始奔跑，但卡車離我們有一段距離，我們在後面苦苦追趕。噪音和灰塵把我淹沒，在吊車和絞盤、沿路經過的船身和遠方海平面上舞動的船桅中間，我什麼都看不見，只感到一股往前飛奔的莫名衝動。我搶先追上卡車，一口氣跳上去，然後幫艾曼紐坐上來，兩個人都上氣不接下氣。煙塵瀰漫的大太陽下，卡車駛在碼頭高低不平的路面，顛簸得很厲害。艾曼紐大呼勝利，笑到喘不過氣來。

我們到賽勒斯特那兒時汗如雨下，全身都濕透了。他一如往常挺著啤酒肚、穿著圍裙、微笑著展示兩撇白色小鬍子，在店裡招呼客人。他問我「一切還好吧」，我點點頭並說我餓了。我吃得很快，飯後點了杯咖啡；因爲幾杯紅酒惹來睏意，回家小睡了一會兒。醒來時想抽根菸，拖延了點時間，我得跑著才能趕上電車。回到悶熱的辦公室，整個下午我都專注地努力工作，因此到了晚上下班時分心情特別輕鬆，沿著碼頭悠閒地散步。我望著綠色的天空，開心地享受這個美麗的夜晚。不過想起煮透馬鈴薯需要花點功夫，我還是直接回家了。

進門後，我在昏暗的樓梯間碰到住同一層的鄰居老薩拉曼諾，他牽著養了八年的老狗，人們已習慣看到他倆形影不離。那是隻西班牙獵犬，生了一種皮膚病，我想應該是疥癬，害牠幾乎掉光了毛，且全身長滿斑點和褐色的痂皮。由於長期跟這隻狗窩在一個小房間裡，老薩拉曼諾的外表也變得跟牠愈來愈相似。他臉上生著淡紅色的斑疹，頭髮枯黃而稀疏。寵物則從主人身上承襲了駝背的姿勢，繃緊脖子，鼻子向前伸。他們看起來雖然像是一家人，卻彼此厭惡。老人家每天都在十一點和六點鐘帶狗出門散步，八年如一日，路線從未改變。他們會沿著里昂路往下走，狗使勁拖著主人，直到老薩拉曼諾在踉蹌中險些跌倒，對牠破口大罵，一陣拳打腳踢。害怕的狗兒癱在地上不敢前進，倒過來變成老人家拉著牠走。當牠忘記剛才的教訓，又會開始拖著主人瞎跑，再討來一頓打罵。最後，一人一犬停在人行道上互望，前者一臉憎惡，後者滿是畏懼。同樣的戲碼天天上演。狗要小便時，老人家不給機會拉著就走，牠只得邊跑邊在地上留下一滴滴水痕；要是不小心尿在家裡，那牠一樣得被打。這種情況已經持續八年了。賽勒斯特提起他們時總說「好悲慘啊」，但實際上，誰又眞的清楚？我在樓梯上遇到老薩拉曼諾時，他正吼著他的狗：「混帳！沒用的東西！」狗在一旁哀嚎。我跟他道聲晚安，老人家還是咒罵不已，我問他這隻狗犯了什麼錯，他沒有回答我，只是厲聲訓斥：「混帳！沒用的東西！」我試著找出原因，只見他彎下腰來調整狗項圈。我提高聲音再問了一遍，他沒抬頭，壓抑著怒氣答道：「牠死都不肯動。」在他的蠻力下，不情願的老狗儘管持續哀嚎，還是被拖著走了。

就在此時，另一個跟我住同一層的鄰居進來了。社區裡，人們都說他是個拉皮條的，儘管問起他的職業，他回答的是「倉庫管理員」。總之，可以確定的是，他不怎麼討人喜歡。不過他經常找我聊天，有時還會到我家坐坐，因爲我肯聽他說話。我覺得他講的事很有趣，再者我也沒理由不搭理他。他叫做雷蒙·辛戴斯，個子矮，肩膀寬闊厚實，生著個歪鼻子，穿著倒是一直都很體面。他在談到薩拉曼諾對待狗的方式時也說：「眞是慘不忍睹！」他曾問我會不會覺得這很倒胃口，而我回答：「不會。」

我們一起上樓。我正準備跟他道別，他卻叫住我說：「我家裡有些香腸和紅酒，要不要過來一起吃？」我想這樣一來就不必做飯，便同意了。他家的格局同樣是一個房間與一個沒有窗戶的廚房。床上方掛著白色、粉紅色相間的天使石膏像，還有幾張冠軍運動員和裸體女郎相片。房間看起來很髒亂，床也沒鋪。他先是點亮了油燈，然後從口袋裡取出一條不太乾淨的繃帶綁在右手上。我問他手怎麼了，他告訴我有個傢伙惹毛他，他倆大打了一架。

「莫梭先生，你明白嗎？」他解釋道：「我不是什麼凶神惡煞，只是脾氣比較暴躁。那人挑釁我說：『是個男人就從電車上下來。』我說：『安分點，別找麻煩。』他卻嘲笑我不是男人、沒膽下車。我就下來警告他：『夠了，你最好放聰明點，小心我教訓你。』他回說：『怎麼個教訓法？』我就給了他一拳，他馬上倒在地上。我本想把他扶起來，沒料到他竟躺著踢了我好幾下，氣得我又回敬他一腳，外加兩記重拳，把他打得滿臉是血。我問他還敢不敢惹我，他回答：『不敢。』」

辛戴斯敘述這段經歷的同時，不停調整手上的繃帶，我則坐在床上。他接著說：「聽完這些，你該看出不是我去惹他，是他先對我不敬的。」聽起來的確沒錯，我表示贊同。他繼續說有件事想詢問我的意見，並說我是個閱歷豐富的男子漢，一定能幫他的忙，那麼他以後就會是我的好哥兒們。我沒有回話，他又問我願不願意當他的哥兒們，我說我無所謂。他聽了似乎很高興，二話不說，拿出香腸，在鍋裡煎熟，又在桌上擺好杯、盤、刀叉和兩瓶紅酒。直到我們上桌吃飯，他才向我說明事情的原委。起先，他顯得有些猶豫。「我認識了一個女人……應該說，她是我的情人。」那個跟他打架的男子是這女人的哥哥。他說自己出錢供養她，看我不發一語，急忙澄清他很清楚社區裡是怎麼說的，但他爲人坦蕩蕩，他眞的有份管理倉庫的工作。

「話說回來，」他告訴我：「有一天，我發現這女人對我不忠。」他僅供給她基本的開銷，除了替她付房租，每天再給她二十法郎的伙食費。「房租是三百法郎，伙食費六百法郎，偶爾給她買雙絲襪，加起來便是一千法郎。這位貴夫人是不上班的。可是她卻說這些錢只夠勉強應付，抱怨我給的不足以過活。我就提議：『那妳工作個半天如何？這樣我的負擔會減輕一點。這個月我給妳買了一件新套裝，每天給妳二十法郎，房租也是我付的，而妳下午卻跑去請朋友喝咖啡。妳招待她們咖啡和糖，花的可是我的血汗錢。我待妳不薄，妳不該這樣回報。』但這女人就是不上班，還老是嚷著缺錢花用，便是這樣才讓我發現事有蹊蹺。」

然後他說曾在她的包包裡找出一張樂透彩券，她卻沒法解釋是怎麼來的。沒多久，又在她家裡找到了當鋪憑據，上面寫著她抵押了兩條手鍊；在此之前，他根本不知道她有什麼手鍊。「我非常清楚她背著我搞鬼，所以決定跟她分手，攤牌時我打了她兩巴掌，告訴這女人她想要的只是尋歡作樂，那才是她的本性。莫梭先生，你懂嗎？我這麼說：『妳不知道，別人都嫉妒妳有福氣跟著我。以後妳就會明白自己多幸運。』」他接著把她打到見血。這件事發生前，他從來沒打過她。「以前那可不算打她，只是高高舉起、輕輕放下。她會哀叫個兩聲，我就去把窗戶關上，每次都這樣罷了。可這次我是認眞的，而且在我看來還便宜了她。」

他解釋正是爲了這一點，他需要別人的意見。他停下來調整愈燒愈短的燈芯，我一直聽著他的故事，喝了將近一公升紅酒，整顆頭都在發熱。我開始抽雷蒙的菸，我自己的已經一根不剩。末班電車經過車站，帶走城區裡最後一點喧囂。雷蒙繼續往下說。他煩惱的是，儘管自己對她的肉體仍有些眷戀，還是很想懲罰她。他先是計畫帶她到旅館，然後叫來風化警察，大肆羞辱一番，讓她在警局留下紀錄；其次，他徵詢了道上的朋友，但他們也提不出個可行的方法。雷蒙特別點出，這正是人在江湖的悲哀。那些朋友聽到他這句話，轉而建議給她「留下記號」，然而這並不是他想要的。他得花點腦筋思考該怎麼做。同時，他想跟我討論一件事，不過希望先知道我聽完這件事後有什麼想法。我說沒什麼想法，只覺得挺有趣。他接著問我是否認爲那女人背叛了他，如果我是他會怎麼做；我回答這很明顯，她的確有問題，即使我沒法想像自己會怎麼處理，但能理解他想教訓她的心情。我再喝了點酒。他點了根菸，向我揭曉他想到的方法。他要寫封信給她，裡頭不僅狠狠修理她，又要教她覺得後悔不已。然後，當她回頭來找他，他會跟她上床，就在正要完事的當兒朝她臉上吐痰，再把她趕出去。沒錯，這樣一來，她便算得到應有的懲罰了。我對這個計畫表示贊同，雷蒙卻說覺得自己沒辦法寫好這封信，打算請我代筆。我沒說什麼，他於是問我介不介意馬上動筆，我回說不介意。

他將杯中的紅酒一飲而盡，站起身來，推開盤子和吃剩的冷香腸，仔細地將鋪在桌上的防水油布擦拭乾淨，然後從床頭小桌子的抽屜裡取出方格紙、黃色信封、一枝小紅木桿沾水筆和裝著紫墨水的方墨水瓶。他告訴我那女人的名字時，我發現她是個摩爾人。我不假思索，有點隨興地擬好了那封信，只花了點心思讓雷蒙滿意，因爲我沒有理由教他失望。我高聲把信念了一遍。他邊聽邊抽菸，不時點點頭，聽完又叫我再念一次。他顯得相當高興，對我說：「兄弟，我就知道你懂得人情世故。」起初我沒留意到，直到他向我宣布：「現在，你是我貨眞價實的好哥兒們。」我才驚覺他開始跟我稱兄道弟。他見我沒反應，重複把話說了一遍，我便點頭稱是。當不當哥兒們其實對我來說無所謂，但既然他那麼有興致，我就順了他的意。他給信封緘，我們一起把酒喝光，繼續抽著菸，這樣好一會兒兩個人都沒說話。外面街上一片寧靜，只聽見有輛汽車經過。這時我說：「很晚了。」雷蒙表示今天晚上時間過得特別快。從某種角度來說，的確是這樣。我覺得很睏，該回家上床睡覺，可是連站起身都覺得辛苦。我大概是看起來很累，所以雷蒙才會要我別太沮喪。起初，我聽不懂他的意思。後來他解釋道，他聽到了媽媽的死訊，不過這種事遲早都會發生的，希望我別再難過下去。他的話我完全同意。

我站起來準備離開，雷蒙熱情地跟我握手，告訴我說男人的事男人最懂。道別後，我把門帶上，在黑暗中站了一陣子。整棟公寓靜悄悄的，一股陰暗潮濕的味道從樓梯深處飄上來；我只聽見自己的心跳在耳邊迴盪，就這樣專注著，一動也不動。突然，從老薩拉曼諾的房裡傳出狗的低聲呻吟，在無聲的黑夜裡顯得格外淒厲。

4

我認眞工作了一整個星期，雷蒙來找過我，說信已經寄出去了。我跟艾曼紐一起看了兩場電影，有時他看不懂影片在演些什麼，我得一一解釋給他聽。昨天是星期六，瑪莉依約過來找我。她穿著紅白條紋洋裝和皮涼鞋，美得教我心蕩神迷；從衣服的起伏隱約可見她乳房的堅挺線條，可可色的肌膚讓她的臉蛋就像花朵般嬌美。我們搭公車到離阿爾及爾幾公里遠的海邊，在兩面懸崖和蘆葦叢間有一處我常去的沙灘。下午四點鐘的太陽並不怎麼灼熱，海水是溫的，小小的浪潮輕柔且慵懶。瑪莉教我一個把戲。在游水時吸一口浪花，含在嘴裡，滿了以後翻過身往天空噴出來，變成泡沫般的薄霧消失在空氣中，或是像溫熱的小雨落回到我臉上。不過沒多久，海水的鹽分就讓我滿嘴苦味。於是瑪莉游過來，在水裡擁著我，嘴巴貼上我的雙唇，舌頭融化我嘴裡滾燙的鹹澀。我們就這樣忘情地任海浪簇擁了好一陣子。

我們回到岸邊穿好衣服，瑪莉凝望著我，雙眸閃爍光芒。我吻了她。從那時起，我們便沒再交談；我緊緊摟著她，兩個人都急於搭上公車回到我家，然後一起跳上床去。我讓窗戶開著一整晚，夏夜微風輕拂我們曬過的皮膚，很是舒爽。

隔天早上，瑪莉繼續留下來，我邀她一起吃午餐。我下樓去買肉，回來時聽見雷蒙的房裡有女人的聲音。稍後，樓梯間傳來腳步聲、狗爪子抓木造階梯聲，還有那句：「混帳！沒用的東西！」可想而知，是老薩拉曼諾邊罵著狗邊帶牠上街。瑪莉聽我描述了老薩拉曼諾的習性不禁莞爾。她身上穿著我的睡衣，袖口特地捲起。看她一笑，又燃起了我的欲望。過一會兒，她問我是否愛她。我說這問題沒什麼意義，可是我覺得好像不愛。我的回答似乎傷了她的心。但準備午飯的時候，她又笑開了，教我忍不住吻了她。便在這時，雷蒙的住處傳來激烈的爭吵聲，引起我們的注意。

起先聽到的是女人尖銳的聲音，接著是雷蒙罵道：「妳敢對不起我，妳敢，看我怎麼收拾妳。」一陣碰撞聲後，女人聲嘶力竭的哭喊聽來實在太過悽慘，引來的人瞬間擠滿了樓梯間，我和瑪莉也跑出去看。女人持續尖叫，雷蒙一動手就沒停。瑪莉說太可怕了，我沒回話；她要我去叫警察，我說我不喜歡警察，但住在三樓的水管工還是帶了一位過來。警察敲門之後我們再聽不見一點聲響，他又敲得更用力些，過了片刻，只聽見女人啜泣，雷蒙出來開門。他叼著根菸，一臉虛假的微笑，女孩子急忙跑上來告狀。「叫什麼名字？」雷蒙照實回答了。「跟我說話的時候，把你嘴上的菸熄掉。」員警說。雷蒙有些遲疑，看著我吸了口菸。忽然，員警以迅雷不及掩耳的速度重重往他臉上甩了一巴掌，香菸從他嘴裡飛出，掉到幾公尺外。雷蒙立刻換了一張臉，當下一言不發，只是低聲下氣問可不可以去撿他的菸；員警雖然點點頭表示應允，卻加上一句：「下次你就該知道，警察問話可不是鬧著玩的。」一旁女孩不停哭泣，一邊重複道：「他打我。他是個吃軟飯的。」雷蒙於是問道：「警察先生，說一個大男人吃軟飯難道是合法的嗎？」員警聽了命令他把嘴閉上。雷蒙轉而跟女孩說：「等著瞧，小妞，我們還會再見面的。」員警又叫他閉嘴，告訴他女孩子這就得走，他則留在家裡等派出所的傳喚。員警還說雷蒙該覺得丟臉，居然醉得直打顫。雷蒙解釋道：「我沒醉，警察先生，我發抖是因爲您站在我面前，我控制不了自己。」他關上門後，看熱鬧的人隨即一哄而散。我跟瑪莉煮好了午餐，但她不餓，幾乎全是我吃的。她一點鐘左右離開，我小睡了一下。

將近三點時有人敲門，原來是雷蒙。我躺回床上，他進來坐在床邊，半晌沉默不語。我問他事情經過，他說照著計畫進行，本來很順利，是她先給了他一耳光，所以他才動手。之後發生的事便是我看到的那樣。我告訴他現在那女人終於受到懲罰了，他應該覺得滿意才對；他同意我的說法，同時表示無論警察做了什麼都改變不了她被教訓的事實。跟著他又說自己很了解警察，心裡有數該怎麼跟他們打交道；倒是想問我，當警察掌摑他時，我是否等著他還手。我說我當時沒有任何想法，而且我不喜歡警察。雷蒙看起來相當高興，問我想不想跟他出去走走，於是我起床整理頭髮。他說希望我能當他的證人，我並不反對，不過我不知道該說些什麼。據雷蒙的說法，只要表明那女孩的確對不起他就夠了。聽起來挺簡單的，我就答應了。我們一塊兒出門，雷蒙請我喝了杯白蘭地，我陪他打了一局撞球，比數很接近，我差一點就贏了。接著他本想找我上妓院，但我向來不好此道，便一口拒絕了。我們慢慢散步回家，路上他告訴我，能成功教訓舊情人他有多麼得意。我感覺他對我很友善，真是個愉快的夜晚。

快到家時，我遠遠瞥見老薩拉曼諾站在門口，似乎很不安。當我們漸漸走近，我才發現他的狗不在旁邊。他四處觀望，轉來轉去，試圖看穿黑暗的走廊，嘴上不停嘟囔著，一雙布滿血絲的小眼睛掃視街上每個角落。雷蒙問他怎麼回事，他沒有立即回答。我彷彿聽到他喃喃念著：「混帳，沒用的東西。」一副倉皇失措的樣子。我問他狗在哪裡，他回答說狗跑掉了，接著便滔滔不絕說了起來：「我跟往常一樣帶牠到閱兵場散步，市集裡擠滿了人。我停下來看了一會兒脫逃秀，想走的時候，牠已經不見了。我知道牠的項圈太鬆，一直想給牠買個尺寸合一點的，可怎麼也沒想到牠會就這樣跑掉。」

雷蒙安慰他說狗應該是一時走散，要不了多久就會回來；還列舉了許多小狗千里尋主的例子，老薩拉曼諾卻顯得更著急了。「捕狗隊會把牠抓走，你懂嗎？牠全身上下那麼多瘡痂，教人看了都討厭，更別提帶回家養，牠絕對會被抓走的。」我建議他到收容所去，支付一些費用就能把狗帶回來。他問我這筆錢多不多，我也不清楚。他聽了很生氣：「爲這沒用的東西花錢？哼！下輩子吧！」然後又開始罵狗。雷蒙只好笑笑，逕自進到公寓裡，我隨他進來後，便在樓梯間與他互道晚安。沒多久，我聽見老薩拉曼諾走到我門前，敲了敲門。我打開門，他就站在門口，爲難地對我說：「打擾了，不好意思。」

我請他進來坐，可他不願意，只顧盯著鞋頭，一雙長滿斑疹的手顫抖不止，低著頭跟我說：「他們不會抓走牠吧，莫梭先生？他們會把牠還給我吧？我該怎麼辦好呢？」我告訴他，一般收容所都會等個三天，讓主人來認領，待期限過後再視情況處理。聽畢，他沉默地望著我，片刻之後道了聲「晚安」。

他關上房門不久，我聽見他在房裡來回踱步，接著是床架嘎吱作響；透過牆板，隱約聽到一陣奇怪的聲音，我仔細聆聽後發現，原來他哭了。不知為何，

我想起了媽媽。我隔天得早起，因為不覺得餓，晚餐也沒吃，就這樣直接上床睡覺。

5

雷蒙打電話到辦公室找我。他說曾向某個朋友提起我的事，那朋友邀請我星期天到他在阿爾及爾近郊的海濱小木屋玩。我說雖然我很樂意，但那天我已經答應要陪一個女孩子。雷蒙當下要我邀她一起過去，並表示他朋友的太太在男人堆裡能有個女生作伴，鐵定會很開心。

我本想就這樣掛斷，因爲我知道老闆不喜歡我們在上班時講私人電話，然而雷蒙卻叫住我，他沒等到晚上再向我提出星期天的邀請，事實上是有另一件事想通知我。他整天都被一群阿拉伯人跟蹤，他已分手情人的哥哥也在其中。「如果傍晚回家時你在公寓附近看到他，記得告訴我。」我答應他會幫忙注意。

掛完電話不一會兒，老闆便要見我，我還以爲他是爲了叫我少講電話多做事，頓時心煩了起來，後來發現完全不相干。他說要跟我談一個尚未成形的計畫，同時徵詢我的意見。老闆有意在巴黎設辦事處，於當地直接處理和大公司的往來業務，問我是否願意過去。這樣一來，我可以住在巴黎，一年之中也有機會四處走走看看，「你是年輕人，我認為你應該會喜歡這種生活。」老闆說。我對職務調動雖然表示同意，但去不去巴黎我其實無所謂。他聽了問我難道不想改變一下生活方式？我回答說，生活方式是改變不了的，況且每種生活都有它好的一面，我對現狀並無任何不滿。話一說完，他顯得有些不快，批評我總是答非所問，缺乏雄心壯志，而這一點在商業界是致命傷。談話結束，我回到座位上繼續工作。當然，我不是故意惹得老闆不高興，只是我沒有理由改變現在的生活。仔細想想，我沒什麼好抱怨的。我還是學生的時候，有很多這類的理想抱負；然而自從不得不放棄學業之後，我便了解那些實在一點也不重要。

當天晚上，瑪莉跑來找我，問我願不願意跟她結婚。我說無所謂，如果她想結，那就這麼辦。接著她想知道我是否愛她。我的回答就像上次一樣，問題本身沒有意義，不過我想我大概不愛她。「那你爲什麼要娶我？」我解釋這眞的不是重點，既然她喜歡，結婚有何不可？再說，是她先來問我的，我只需要說聲「好」，何樂不爲？她反駁道：「婚姻是件嚴肅的事。」我回答：「我不這麼覺得。」她聽了，沉默地望著我好一會兒才說話。瑪莉問道，如果換成別的女孩子，一樣和我親近，我是不是也會同意結婚？我回道：「那當然。」她反過來問自己是否愛著我，這一點我不可能知道。語畢，又沉默了一陣子，她喃喃地說我是個怪人，雖然這可能正是她愛我的原因；但也許有一天，她會因爲同樣的理由討厭我。我不置可否，於是她笑著挽起我的手臂說要嫁給我。我答應她什麼時候想結婚，我們就辦婚禮。我跟瑪莉談到老闆的提議，她說自己會很樂意到巴黎去。我告訴她，我曾在巴黎待過一段時間；她問我有什麼感想，我說：「那裡滿髒的，到處都是鴿子和陰暗的庭院，而且人的膚色很蒼白。」

之後，我們沿著大街散步，穿越整個市區。街上的女生很漂亮，我問瑪莉有沒有注意到，她點頭稱是，並說她懂我的意思。接下來一段路，我們沒再交談，不過我還是希望她能留下來陪我，一起在賽勒斯特那兒晚餐；然而儘管她很願意，卻有事無法耽擱，所以走到我家附近時，我便跟她道別。她望著我發嗔：「你不想知道我究竟有什麼事嗎？」我確實很好奇，只是一時之間沒想到發問，正是這一點讓她忿忿不平。看著我發窘，她又笑了，整個人向我靠過來獻上她的唇。

瑪莉走後，我上賽勒斯特那兒吃晚飯。用餐中，有個奇怪的嬌小女人進來餐廳，問我可否一起坐。當然，我沒有拒絕的道理。她的動作急促，精緻的蘋果臉上生著一雙明亮的眼睛。她脫下合身的外套，坐下來急躁地翻閱菜單，接著叫賽勒斯特過來，口齒清晰又迅速地把餐點一口氣點齊。在等開胃菜的時候，她從手提包裡取出一張便條紙和鉛筆，將帳單總額先計算妥當，然後再拿出小錢包，給總數添上小費，整齊地擺在自己面前。這時，侍者送上開胃菜，她狼吞虎嚥地吃光。等下一道菜的空檔，她又從包包裡取出藍色鉛筆和一本雜誌，上頭列著本週的電台節目。細心地、一個接一個，她幾乎勾選了所有的節目。那本雜誌大約有個十來頁，用餐過程中，她一直鉅細靡遺地重複同樣的動作；我都已經吃飽了，她還在埋頭苦幹。終於她站起身，機械般精準地穿回外套，迅速步出餐廳。由於無事可做，我跟著走出去，尾隨在她後頭。她沿著人行道邊緣行走，以不可思議的敏捷和自信直線前進，既不曾稍有偏差，也不回頭觀望，要不了多久便從我的視線中消失。回家的路上，我回想著她怪異的行徑，不過很快地，這件事就被我拋諸腦後。

在家門口，我遇到了老薩拉曼諾，我請他進房裡坐。他告訴我狗確定失蹤了，因爲牠不在收容所。那裡的職員猜想牠有可能是被車撞了，於是他問他們能否到派出所確認，無奈他們說這種事幾乎天天都有，派出所不會有任何紀錄。我向老薩拉曼諾提議再養一隻，他搖搖頭說已經習慣了原來那隻。的確，他說的有道理。薩拉曼諾坐在餐桌前的椅子上，我則蹲在床上。他面向我，兩隻手放在膝蓋上，頭上還戴著舊氈帽沒摘下，從枯黃的鬍子下含糊地吐出字句。他讓我覺得有些厭煩，但是我沒啥事可做，又一點也不睏。為了找點話說，我便跟他談那隻走失的狗。他說自己是在太太死後開始養的。他年紀不小了才結婚，當兵時他常參加軍隊的戲劇演出，演戲是他年輕時的夢想。雖然最後進了鐵路局，他並不後悔，因為現在他有一筆小小的退休金可領。他與太太過得不算幸福快樂，但已經很習慣她的陪伴。當她走後，他覺得格外孤單，於是向鐵路局的同事要來這隻狗。抱回家時牠剛出生沒多久，得用奶瓶來餵。只是由於狗的壽命比人短，到後來他倆可說是一起變老的。「牠的脾氣很壞，」薩拉曼諾說：「我們經常犯衝，可他還是隻好狗。」我說看得出牠是名種狗，薩拉曼諾聽了顯得很得意。「真的，而且你還沒看過牠生病前的模樣，」他解釋道：「牠最漂亮的就是那一身毛。」自從狗兒生了皮膚病，薩拉曼諾每天早晚替牠上藥。不過老人家說，牠真正的病是老化，而那是永遠治不好的。

聽到這裡我打了個呵欠，老人家於是說他該走了。我請他多坐一會兒，並告訴他我對狗的遭遇感到很遺憾。他對我表示感謝。他說媽媽非常喜歡他的狗。提起媽媽時，他稱呼她爲「你可憐的母親」。他料想媽媽走後我一定很難過，我沒有回話。接著他有點尷尬地急忙說著，他知道社區裡，大家爲了我把媽媽送到養老院而對我觀感不佳；但是他清楚我的爲人，也知道我很愛媽媽。我說自己一直沒意識到（而且到現在還搞不懂原因）這件事讓別人對我有了不好的評價，但既然沒有足夠的錢請人照顧媽媽，在我看來養老院是最自然不過的選擇。「何況，」我繼續說：「她已經很多年都沒話跟我聊，一個人在家悶得發慌。」他贊同道：「對啊，至少在養老院裡，她有許多朋友。」然後他說想回家休息，便起身告辭。他的生活如今已完全改變，讓他有些手足無措。自從我認識他以來，他第一次靦腆地向我伸出手，握手時我能感覺到他手上粗糙的痂皮。離開前他微笑著說：「我希望附近的狗兒夜裡別亂叫，不然我會以爲是我的狗回來了。」

6

星期天早上我爬不起來，瑪莉得喊我的名字，把我搖醒。爲了能盡早下水游泳，我們沒吃早餐就出門。我整個人感覺空空如也，頭有點疼，叼在嘴裡的香菸有一股苦味。瑪莉開玩笑說我看起來「哭喪著臉」。她穿了件白色洋裝，頭髮沒紮，隨意披散著。我說她很美，她開心地笑了。

下樓時，我們順道敲了雷蒙的門，他回答說馬上下來。一出門口，疲累加上在屋裡時沒拉開百葉窗，白天逐漸發威的太陽光射進雙眼，簡直就像甩了我個大巴掌。瑪莉在一旁雀躍地不斷說著天氣眞好。過一會兒，我覺得好多了，肚子隨即餓了起來。我告訴瑪莉，她聳聳肩，給我看她的海灘袋，裡面只有我們倆的泳衣和一條海灘巾。終於我們聽到雷蒙的關門聲，他邊吹口哨邊跑下樓，似乎很高興。他穿著藍色長褲和白色短袖襯衫，頭上硬是配了頂扁草帽，瑪莉見狀咯咯地笑；他前臂的黑手毛下面露出蒼白的皮膚，這身打扮眞讓我有點不敢恭維。他熱情地向我打招呼：「嗨，老弟！」對瑪莉則稱「小姐」。

前一天我們去了派出所一趟，我作證那女孩的確「對不起」雷蒙，因而警察只是告誡他不得再犯，並未查證我說的話是否屬實。我們和雷蒙在門前針對這件事討論了半晌，便決定去搭公車。沙灘其實離家不是太遠，不過搭車自然比較快，雷蒙也覺得他朋友會寧願我們很早就到。我們正要出發，雷蒙突然作勢要我往前看，我轉頭只見對面有一群阿拉伯人，背靠著香菸鋪櫥窗，以他們特有的方式默默盯著我們，完全不動聲色，彷彿我們是一堆石頭或幾棵枯樹。雷蒙對我說左邊算過來第二個就是跟他幹架的人。雷蒙一副憂心忡忡的模樣，卻又說事情已經告一段落。瑪莉摸不著頭腦，問我們是怎麼一回事；我告訴她那些阿拉伯人和雷蒙有過節，她聽了希望我們馬上啓程。雷蒙笑了笑，說是時候趕緊上路了。

我們開始朝不遠處的公車站移動，雷蒙告訴我那些阿拉伯人沒有跟來。我回頭一看，他們一直留在原地，以同樣的漠然態度凝視我們剛剛離開的地方。我們搭上公車後，雷蒙很明顯是徹底鬆了口氣，不停地說笑話逗瑪莉開心。我感覺得出來雷蒙對她有意思，但她不太回他的話，僅偶爾看他一眼，對他微笑。

我們在阿爾及爾的市郊下車。海灘離站牌並不遠，不過得先經過一片俯瞰大海的小高台，再隨著漸漸傾斜的坡地下到沙灘。高台上布滿淺黃色的石頭和純白色的水仙，與湛藍的天空相互輝映，教人睜不開眼。瑪莉把海灘袋大力甩在花上玩，弄得花瓣撒落一地。我們路經一排排綠、白圍欄的小別墅，其中有的和陽台一起隱沒在飄揚的柳樹背後，有些則赤裸裸地立於石堆之中。抵達高台盡頭前，平靜的海面已映入眼簾，遠方還有一座不動如山的海岬聳立在清澈水中。一陣微弱的馬達聲從風平浪靜的空氣中傳來；極遠處有一艘漁船，在波光瀲灩的海洋上龜速前進。瑪莉停下摘了幾朵鳶尾花。站在向海邊延伸的斜坡上望去，可見幾名早到的泳客在水中嬉戲。

雷蒙的朋友住在沙灘邊上的小木屋。房子背倚峭壁，支撐屋子前端的木樁立在海水中。雷蒙替我們做了簡短的介紹。他的朋友姓馬頌，是個身材壯碩、肩膀厚實的高個子，妻子嬌小圓潤、態度親切，帶有巴黎口音。一見面，馬頌便大表歡迎，要我們別拘束，並說自己早上剛釣了些魚，準備待會兒下鍋油炸做爲午餐。我對他的小木屋發出由衷的讚美，他告訴我每個週末和假日他都來這裡度過。「我跟我老婆處得很好。」他說。他太太此時正和瑪莉有說有笑。看著他們，可能這是第一次，我眞正動了結婚的念頭。

馬頌想去游泳，但他太太和雷蒙不願意一起來，於是我們三人換上泳衣，瑪莉毫不猶豫就跳進海裡，我跟馬頌則留在岸上一會兒才下水。他說話的速度緩慢，我尤其注意到，他習慣給每段話都加上一句「而且還不止呢」，儘管這句話無法進一步表達任何具體意義。比如談到瑪莉時，他對我說：「她很標緻，而且還不止呢，可說迷人得緊。」我沒太留心聽他的叨絮，而是專注於享受陽光下的溫暖與舒適。腳下的沙子漸漸發燙，我又稍稍推遲了浸在水裡的渴望，才跟馬頌說：「我們下水吧？」然後我就鑽進水裡，他卻慢慢地往前走，直到水夠深處方才潛入海裡。他游的是蛙式且游得不怎麼樣，因此我丟下他去找瑪莉。海水清涼，我游得很暢快。我跟瑪莉並肩游了很遠，彼此的動作配合得天衣無縫，心中的舒暢也互相呼應。

在海中央我們翻身改游仰式。面朝天空時，我感到嘴唇和兩頰的海水在日頭照耀下逐漸蒸發。我們看到馬頌回到沙灘上曬太陽；遠遠望去，他看起來還是很龐大。瑪莉提議一起游水，由我從後頭攬住她的腰，她負責擺動手臂，我雙腳打水往前推進。這打水的聲音一直尾隨著我們，直到我終於累了，才放開瑪莉，平穩地吸換氣，從容不迫地往回游。到岸後，我趴在馬頌旁邊，臉埋在沙子裡。我跟他說海水很舒服，他完全贊同。不久，瑪莉也上來了，我轉頭看著她走過來。她渾身濕淋淋、亮閃閃，把頭髮抓在腦後，緊貼著我身邊躺下。在太陽和她體溫的雙重加熱下，我的意識逐漸模糊。

不知過了多久，瑪莉搖醒我說馬頌已經回去了，該是午餐的時候。我一聽馬上爬起來，禁不住飢腸轆轆，但瑪莉卻叫住我，說我從早上到現在都沒吻過她。這是眞的，而且其實我還滿想的。「跟我到水裡來。」她對我說。我們奔跑著迎向第一排小浪，划了幾下水，她緊擁著我，她的雙腿圈住我的雙腿，又喚醒了我對她的欲望。

我們上岸時，已經聽見馬頌喊我們吃飯。我告訴他我餓昏了，他聽了立刻跟太太說我很討他喜歡。麵包非常可口，我把盤子裡的炸魚吃了個精光，主菜是牛排配炸薯條。大家吃得津津有味，沒人多說一句話。馬頌喝了不少酒，且不停給我斟上。最後喝咖啡時，我覺得昏沉沉的，抽了許多菸。我、雷蒙和馬頌計畫八月一道來海邊度假，費用均攤。瑪莉忽然對我們說：「你們知道現在幾點嗎？才十一點半！」我們都很驚訝，馬頌說這時間確實很早，不過也屬正常，因爲肚子餓就該吃午餐，無所謂早晚。不知道爲什麼，瑪莉聽完笑了，我想她是有點喝太多。馬頌問我要不要跟他到沙灘上散步：「我太太飯後總是習慣睡午覺，我自己不喜歡這樣，我老是告訴她，飯後散步對健康比較好。當然，她有權選擇聽不聽我的。」瑪莉表示要留下來幫忙洗碗，馬頌太太說男人繼續待著只會礙事，於是我們三個人走出小木屋，再次回到了海灘。

太陽的位置幾乎在正上方，海面上反射出的光線令人禁受不住。沙灘上的人這時全走光了。高台邊的小木屋裡傳來盤子和刀叉碰撞的聲響，從地面直冒上來的熱氣教人呼吸困難。一開始，雷蒙和馬頌聊了些我沒聽過的事和人。我發現他們彼此已經認識很久，甚至有段時間還住在一起。我們朝海邊走去，順著潮水往下走。好幾次，冒出頭的浪花弄濕了我們的布鞋。我腦中完全放空，頭頂上的熊熊烈日曬得我又進入半昏迷狀態。

就在此刻，雷蒙跟馬頌說了些我沒聽清楚的話，同時我發現沙灘那頭離我們很遠的地方，有兩個穿藍色工作服的阿拉伯人走了過來。我瞄了一眼雷蒙，他跟我說：「就是他。」我們繼續往前走，馬頌納悶他們怎麼能跟到這裡來，我猜想他們是看到了我們背著海灘袋搭公車，但我什麼都沒說。

雖然阿拉伯人前進的速度很慢，沒多久他們已經靠得很近。我們依舊強作鎮定，雷蒙低聲說：「要是真打起來，我來對付那傢伙。馬頌，你負責另外一個。莫梭，如果他們冒出第三個人，那就留給你。」我說了聲「好」，馬頌雙手插入口袋。沙子在我腳下像火一般滾燙，我敢說它還閃著紅光。隨著我們一步步向前，和阿拉伯人之間的距離便不斷縮短。就在相差幾步的地方，阿拉伯人停了下來，我和馬頌亦放慢腳步，雷蒙則直接走向他的對手。我聽不清他說了什麼，但對方擺出像是要一頭撞過來的姿勢，雷蒙於是動手給了他一拳，隨即大聲呼叫馬頌。馬頌迎上自己負責的那一個，使盡吃奶的力氣揍了他兩下；他應聲倒在水裡，臉朝下躺了幾秒鐘，從水底冒出許多小氣泡，浮上水面繞著他的頭打轉。同時，雷蒙也把對手打得滿臉是血，轉頭對我說：「你看我怎麼修理他！」我驚呼：「小心，他手上有刀！」太遲了，雷蒙的手臂和嘴巴瞬間各多了一道口子。

馬頌見狀跳上前，而另一個阿拉伯人已爬了起來站在持刀的同夥後面。我們一動也不敢動。他們小心翼翼往後退，目不轉睛盯著我們，一邊揮刀警示我們不可輕舉妄動，等到退出攻擊範圍外，立刻一溜煙地拔腿就跑。我們呆立在太陽底下，雷蒙一手緊壓住還在淌血的手臂。馬頌說有個醫生每逢星期天都在高台上度假，雷蒙想馬上過去找他，可他每次開口說話，就從嘴裡吐出血泡來。我們扶著他盡快回到小木屋，雷蒙這時說他的傷口並不深，走到醫生那裡沒有問題，便跟馬頌一起離開，吩咐我留下來跟女士們解釋事情的經過。看到馬頌太太嚇得哭了，瑪莉臉色發白，只讓我覺得心煩；簡單幾句話交代過後，我就懶得多說，點起菸靜靜地看海。

一點半左右，馬頌陪著雷蒙回來了。雷蒙手臂綁著繃帶，嘴上貼著膠布。醫生告訴他只是輕傷，他看起來卻很消沉。馬頌試著逗他笑，他總是不說話。最後他終於開口說要到沙灘上去，我問他要去哪，他回答想去透透氣。我跟馬頌於是表示願意陪他，他聽了突然發起脾氣，對著我們咒罵。馬頌當下決定還是別刺激他，讓他冷靜一會兒。儘管如此，我還是跟了出去。

我們在海灘上走了很長一段時間。熾熱的太陽壓得人抬不起頭，強光碎成一片片，散落在沙灘和海面上。我感覺雷蒙知道自己要往哪裡去，不過可能是我的錯覺。最後，我們來到沙地盡頭，大岩石後頭流出一道泉水，流過沙灘。就在這裡，我們又見到了那兩個阿拉伯人。他們躺在地上，一身工作服滿是油污。兩個人看起來都非常冷靜，甚至可以說有些得意，我們的出現對他們沒有任何影響。刺傷雷蒙的人只是看著他，什麼也不說。另一個一邊透過眼角瞥我們，一邊吹奏他的小蘆葦笛，不停重複三個單調的音符。

一時之間，在灼熱的陽光下僵持的雙方只聽得見水流聲和三個樂音。雷蒙按著藏有手槍的口袋，對方依舊沒有動靜，兩個人只是緊盯彼此。我注意到吹蘆葦笛的那個腳趾頭分得異常開。雷蒙雙眼專注在對手身上，一面向我問道：「我一槍斃了他？」我心想要是我說不，他的怨氣無處宣洩，衝動起來肯定會開槍。於是我改口道：「他還沒跟你說過半句話。這樣開槍不夠光明正大。」又是一陣沉默，輕柔的水聲和未曾間斷的笛聲在熱氣中發酵。雷蒙考慮後說道：「好，那我要狠狠罵他兩句，等他回嘴我就斃了他。」我回答：「沒錯。

不過如果他沒亮出刀子，你就沒理由開槍。」雷蒙開始有點緊張。吹笛子的一刻也沒停，他們兩個正仔細觀察雷蒙的一舉一動。「這樣好了，」我跟雷蒙說：「把你的手槍給我，跟他一對一單挑。要是另一個人來插手，或是他再拿出那把刀子，我就斃了他。」

雷蒙把手槍遞給我，一道陽光掠過，金屬反射出亮光。四個人仍舊文風不動，彷彿被周圍的空氣所包圍，動彈不得。我們緊盯彼此，眼睛眨也不眨，在海洋、沙灘和太陽之間，一切都靜止了，笛音和流水聲也停頓下來。我腦中同時閃過開槍和不開槍的念頭。忽然，阿拉伯人開始向後退，溜到岩石後面，消失不見。我和雷蒙便不再追究，沿原路往回走。他看起來心情好多了，還提起回程要搭的公車班次。

我陪著他回到小木屋外，他踩著一階階木梯往上爬，我卻停在第一階前。太陽曬得我腦袋嗡嗡作響，想到要花精神爬上樓梯，再跟女士們說笑，我完全提不起勁。但是天氣實在太熱，站在從天而降、教人眼花的光幕裡不動，也讓我覺得辛苦。不管留在原地或去到哪裡，結果都是一樣。過了片刻，我決定轉身走回海灘。

陽光依舊灼熱而刺眼。沙灘上，大海急遽喘息，吞吐著一波波小浪。我緩緩朝岩石堆走去，感覺前額曬得發脹。高溫壓迫著我，不讓我往前行。每當感到炎熱的氣息侵襲臉頰，我便咬緊牙關，手在長褲口袋裡握緊，奮力一搏，想戰勝太陽和它試圖灌入我體內的麻醉劑。沙灘、白貝殼或玻璃碎片反射出的光芒就像利劍，教我不由自主縮緊下顎。就這樣，我走了好一會兒。

遠遠地，我看見那一小堆黑色岩石襯著水面反射的陽光。我想起岩石後清涼的水流，渴望再聽到流水的呢喃，渴望躲避太陽、辛勞和女人的眼淚，找回岩石庇蔭下的陰涼和安寧。然而當我走近時，才發現雷蒙的死對頭也來了。他一個人，後腦勺枕著雙臂，躺在岩石邊，陰影遮住了臉，身體暴露在陽光裡，藍色工作服熱得直冒煙。我有些驚訝。我本以爲這件事已經告一段落，來的時候壓根沒放在心上。

他一看到我，微微挺起身子，手伸進口袋裡。我的直覺反應當然是抓住外套口袋裡雷蒙的手槍。他見狀又再一次往後退，手還是插在口袋裡。我距離他很遠，大約十幾公尺。偶然間我會從他半閉的眼皮下窺見他的目光，不過多數時候是熱浪中他的身影在我眼前跳舞。比起中午時分，浪潮聲更加慵懶平緩。白晝在岩漿一般的大海中拋錨，經過整整兩個鐘頭，沒有一點變換的動靜；一樣的烈日，一樣的光線，照在延伸到這裡的同一片沙灘上。海天交界處，一艘小汽船經過，我是從眼角看到的小黑點猜測的，因爲我得一直盯著阿拉伯人。我想過只要轉身往回走，事情就會畫上句點，可是身後熱氣沸騰的海灘讓我舉步維艱。我朝水流的方向移動了幾步。阿拉伯人沒有動作。他離我還是很遠，也許是臉上陰影的緣故，他看起來好像在笑。我駐足等待。猛烈的陽光攻占我的雙頰，汗珠在我的眼眉凝聚。這跟媽媽葬禮那天是同樣的太陽，就像那天，我的額頭難受得緊，血管群起急速跳動，就像要爆裂開來。由於無法再忍受這股躁熱，我往前邁出一步。我知道這很愚蠢，走一步路不可能擺脫無所不在的陽光，但我還是跨了出去。這一次，阿拉伯人馬上亮出刀子。太陽光濺在刀片上，反射出細長的光刃，抵住我的前額。於此同時，集結在我眉毛上的汗珠終於跌下，變成溫熱鹹濕的水簾覆蓋在眼皮上。一時間我什麼都看不見，只有太陽依然在我的額頭上敲鑼打鼓；朦朧中，隱約可見閃亮的刀刃還在我面前晃蕩，啃蝕我的睫毛，鑽進我疼痛的雙眼。從這時起，世界全變了調。自大海湧來厚重熾熱的灼風，整片天空從中綻開，降下火雨。我全身僵硬，握槍的手猛地一縮緊，扣了扳機，手指碰到了光滑的槍柄。在這聲乾澀、震耳欲聾的槍響中，一切急轉直下。我搖頭甩開汗水和揮之不去的烈焰，發覺自己毀掉了這一天的完美，毀掉了沙灘上的平靜安詳和我曾經在此擁有的快樂。於是，我又朝那躺在地上毫無動靜的軀體連續開了四槍，子彈深陷入體，不見蹤跡。這四槍彷彿短促的叩門聲，讓我親手敲開了通往厄運的大門。

Deuxième partie

第二部

法官和我在座位上安頓好後，審訊便開始了。首先，他說我在他人的印象中是個沉默寡言、性格內向的人，想知道我有什麼看法。我回答：「那是因爲我從來都覺得沒什麼好說的，所以寧可把嘴閉上。」

1

我被拘捕之後立即接受了好幾次偵訊，不過那只是些關於身分的例行訊問，時間都不長。初到警局時，似乎沒人對我的案件感興趣；然而八天後，當我見到預審法官，卻發現他那雙盯著我的眼睛充滿了好奇。一開始他同樣先詢問我的姓名、住址、職業、出生地和日期，接著他想知道我是否已經選好辯護律師。我表示沒有，並詢問是否一定得有個代表律師。他聽了說：「為什麼這樣問？」我回答說自己的案子很單純。他微笑道：「這是您的看法。但是法律自有其規定，如果您未指定代表律師，我們會替您指派一位。」我覺得法院能負責這些小細節眞是再方便不過；他聽了我的想法，也同意法律確實制訂得很完善。

起初我沒有認眞看待與他的會面。法官的辦公室窗簾緊閉，桌上擺的那盞檯燈是唯一光源，燈光投射在他讓我坐下的扶手椅上頭，他自己則待在陰影裡。我曾在書上讀過類似的場景描述，所以對我來說這就像一場遊戲。與他交談一陣子後，我才看清他的外貌：他輪廓分明，眼珠是深藍色的，身材高大，蓄著灰色鬍鬚，頭髮濃密且近乎花白。他看起來相當理智，儘管嘴角邊偶爾出現不自然的抽搐，我仍對他頗有好感。要不是我及時想起自己殺了人，離開辦公室前甚至一度想跟他握手道別。

隔天，律師到監獄來看我。他身形矮胖，年紀頗輕，頭髮梳得很是服貼。這種大熱天（我只穿著襯衫），他還是一身深色西裝打扮，直挺挺的燕子領襯衫，打著條怪異的黑白粗條紋領帶。他將公事包擱在我床上，自我介紹後說他研究過我的案子，認為雖然有些棘手，仍有勝訴的把握，只要我肯信任他，與他合作。我對他表示感謝，他隨即說道：「那麼就切入正題吧。」

他在床上坐下，向我解釋警方稍微調查了我的私生活，知道我母親不久前才在養老院過世，因此也到馬悍溝拜訪過。那裡的人說媽媽葬禮當天我表現出

「無動於衷的態度」。「您了解嗎？」律師說：「向您提出這種問題，其實我有些尷尬。不過這眞的很重要，如果我找不到任何論點替您辯護，那它就會變成控方關鍵性的論述依據。」他希望我盡力協助他，並問我那天是否曾感到喪母之痛。這個問題令我非常震驚，若換作是我來發問，肯定也會相當爲難。但我坦言自己已經不大有自省的習慣，因此很難回答。我應該是滿喜歡媽媽的，然而這並不能代表什麼。每個常人多多少少都曾盼望自己所愛的人死去。聽到這裡，律師打斷我的話，顯得很不安。他要我保證絕對不在庭訊或預審法官面前說這番話。我繼續嘗試對他解釋，生理上的因素經常會對我情感上的反應造成妨礙。媽媽下葬的那一天，我非常疲憊，只想倒頭就睡，所以沒能眞正意識到當時發生的事。我很確定的一點是，我會寧願媽媽沒死，還活在世上。可是我的律師似乎仍然不太滿意，他對我說：「這是不夠的。」

他略作思考後，問我是否可以說當天我壓抑了內心情感，不讓它流露出來。我回答：「不行，因爲這不是事實。」語畢，他以奇怪的眼神望著我，彷佛我有點令他反感。接下來他幾乎是語帶惡意警告我，無論如何，院長和養老院的員工都會出庭作證，結果可能對我極其不利。我提醒他這件事和我的案子並不相關，他聽了只說：「很明顯，您從來沒跟司法打過交道。」

最後他氣呼呼地離開。我也想留住他，說明自己渴望他的同情。這麼做倒不是希望他會因此更賣力爲我辯護，而是希望他能自然而然、發自內心地憐憫我。尤其我看得出來自己讓他很不自在；他無法理解我，因而對我有些埋怨。我也想向他保證我就跟所有人一樣，是個普通人。不過，這些話實際上起不了什麼作用，我懶得多費唇舌，便放棄了。

律師走後沒多久，我又被帶到預審法官那兒。時值下午兩點鐘，陽光穿透薄薄的窗簾，照亮整間辦公室，室內很悶熱。他先請我坐下，然後非常禮貌地告知說我的律師「由於突發狀況」不克前來。在有律師到場陪同以前，我有權不回答他的問題。但我表示可以單獨接受訊問，他在桌上按了一個鈕，馬上有個年輕的書記官進來，到我的正後方坐下。法官和我也在座位上安頓好後，審訊便開始了。首先，他說我在他人的印象中是個沉默寡言、性格內向的人，想知道我有什麼看法。我回答：「那是因爲我從來都覺得沒什麼好說的，所以寧可把嘴閉上。」他像我們第一次會面時那樣微笑，對我說這的確是最明智的作法：「再說，這一點也不重要。」他注視著我停頓了一會兒，然後坐正，脫口而出：「我眞正感興趣的，是您本人。」我不太懂他這句話的意思，便沒有回話。他繼續說：「您的犯行中有些我百思不得其解的地方，我相信您能幫我加以釐清。」我表示事情發生的一切過程很單純，他還是堅持要我描述那一天的經過。於是我又跟他把上次講過的內容順過一遍：雷蒙、沙灘、游水、打鬥、再次回到沙灘、流水、太陽光和開槍擊出五發子彈。每講完一句他都點頭道：「沒錯，沒錯。」當我講到躺在沙灘上的軀體時，他特別說了聲：「對。」就這樣，他讓我從頭把故事重複一次。我覺得這輩子好像從來沒說過這麼多話。

沉默一陣子以後，他站起身跟我說他很關心且願意幫助我，在上帝的協助之下，他也許能爲我做點什麼。但在此之前，他想先問我幾個問題。沒等我反應，他劈頭就問我愛不愛媽媽。我回答：「當然，跟所有人一樣。」這時本來一直規律地打字記錄的書記官猶豫了會兒，不知是不是按錯了鍵，得退回去重打一遍。接下來同樣是看不出邏輯關聯的提問，法官想知道我那五槍是不是連續擊發的。我稍作思考後，說明我是先開一槍，隔幾秒鐘才繼續開另外四槍。「爲什麼您在第一次和第二次開槍中間會停下來？」他質疑道。回想起那時的情況，火紅色的沙灘再度浮現眼前，照在額頭上燒燙的太陽光還記憶猶新，然而這次我沒有回答。等不到我回應的法官，在這段靜默中焦躁了起來。他坐回椅子上，撥弄凌亂的頭髮，手肘支在辦公桌上，以一種奇特的姿勢微傾向我道：「爲什麼？爲什麼您會朝一個倒在地上的人開槍？」又一次，我還是不知該怎麼回答。法官以手支額，改用稍微不同的口氣重複一樣的問題：「爲什麼？您一定得給個答案。到底爲什麼？」我始終不發一語。

他猛然起身，大步走到辦公室另一頭，打開文件櫃的抽屜，取出一只純銀耶穌像十字架，舉著它朝我走來，以幾乎顫抖的聲音喊道：「您知道祂是誰嗎？」我說：「當然知道。」他又快又激動地告訴我他相信上帝，且堅信沒有任何人是十惡不赦到上帝無法原諒的，前提是人必須心存悔意，像孩子一樣，敞開白紙般的靈魂，準備好全然接受信仰。他整個上身往前傾過半個辦公桌，在我頭上揮舞著他的十字架。說實話，他說的大道理我只能勉強理解，第一是因爲我很熱，其次是他的辦公室裡有許多大蒼蠅，時而飛來停在我臉上，還有就是他讓我覺得有點害怕；同時我承認這有點荒謬，因爲畢竟我是個犯人啊。他滔滔不絕地繼續著，我大概聽懂的是，我的供詞中僅有一點隱晦不明的地方，就是我稍作停頓才開了第二次槍。其他部分都很明朗，只有這裡他無法了解。

我本想要他別再追根究柢，告訴他這一點其實不怎麼重要，但他打斷我，站直了身子問我信不信上帝。我的回答是否定的。他憤慨地坐回椅子上，對我說這是不可能的，每個人都相信上帝的存在，即使是那些背棄祂的人。這是他的信念，如果有天他對此產生了疑慮，那他的人生將失去意義。「您想要讓我的人生失去意義嗎？」他叫道。在我看來這與我無關，我也照實告訴他。話才說完，他已經把耶穌推到我眼前，有些失去理智地對我喊道：「我是個基督徒，我請求祂原諒你所犯的過錯。你怎能不信祂曾為你受難？」我明白他對我不再以禮相待，不過我也受夠了。房間裡的悶熱讓人覺得愈來愈昏沉。通常當我想擺脫某個難以應付的人，就會假意表示贊同。令我驚訝的是，他馬上得意地說：「你看，你看！」他叫道：「你還是相信並願意依靠祂的！」當然，我否定了他的推論。他這又跌坐回椅子上。

他看起來很疲倦，沉默了好一陣子，書記官仍不停敲著打字機，發出噠噠的聲響，急忙跟上最後幾句話。他面帶憂傷，專注地凝視我，然後喃喃道：「我從來沒見過像您這樣頑固的靈魂。來到我面前的嫌犯，沒有一個不在這個耶穌受難像前掉淚的。」我心想，那純粹是因為他們犯了罪。但在脫口說出這句話前，我想起我也跟他們沒兩樣，只是沒辦法將自己與他們相提並論。法官站起身，像是要告訴我審訊業已告一段落。他最後又有些疲乏地問我是否對犯行感到後悔。我思考了一下，回答與其說後悔，不如說困擾。我覺得他聽不懂我的意思，但這一天的對話就到此結束，沒再有任何進展。

之後我經常見到預審法官，但每一次都由我的律師作陪。雙方關心的僅止於讓我進一步釐清之前陳述的某些重點。有時法官也和律師討論我受到的指控，不過當他們談論這些細節時，從來不留意在一旁的我。總之漸漸地，偵訊的氛圍有了轉變。法官似乎不再對我感興趣，彷彿認爲已經結了案；再沒跟我提起上帝，我也沒再見過他像那天一樣激動的模樣。結果，我們的會面變得簡短扼要許多。幾個問題，與我的律師交換點意見，訊問就告終了。正如法官所言，我的案子進展得很順利。有幾次，當談話內容不那麼專業時，他們還會邀我一起加入。我開始能自在地呼吸，偵訊中沒有人厲聲嚴詞地對待我，所有事情看起來是那麼自然、按部就班，拿捏得恰到好處，我甚至產生「我是他們的一分子」這種荒謬的錯覺。預審來到第十一個月時，我甚至發現，除了每次法官送我到辦公室門口，拍拍我的肩膀以熟悉的語氣說「今天就先到這裡吧，反基督先生」這短暫、令人滿足的一刻以外，我幾乎就沒什麼好期待的。因爲與他道別後，我就得回到牢房裡。

2

有些事我從來就不愛說。在監獄裡待上幾天後，我便知道自己以後不會想提起我人生中的這一段。

過了些時日，我已不再將這份厭惡放在心上。其實，起初幾天我還稱不上眞的在坐牢，只是漫無目的等待新的事情發生。這情況在瑪莉第一次、也是最後一次來探監後才有所改變。有一天我收到她的來信（信裡寫到她沒法再來看我，因爲她不是我的妻子），從這天起，我才有以牢房爲家、生命就在此停滯的眞實感。我被拘捕的當天，是跟其他幾個囚犯關在同一間牢房裡，其中大多數是阿拉伯人。他們看到我先是一陣嘻笑，接著問我犯了什麼罪。我說我殺了個阿拉伯人，他們便全都安靜下來。不久，到了晚上，他們教我把睡覺用的蓆子從一端慢慢捲成圓筒狀好當作枕頭。整晚都有臭蟲在我臉上爬來爬去。過了幾天，我被移送到個別的牢房裡，可以睡在木造床板上，還有便桶和盥洗用的鐵盆。監獄位在全城的制高處，從一扇小窗看得到海。某天，就在我抓著鐵窗欄杆伸長脖子欣賞外頭陽光普照的景致時，獄卒進來說我有訪客。我猜想應該是瑪莉，也的確是她沒錯。

我跟著獄卒穿過一條長廊，步下樓梯，又走到另一條長廊盡頭，才抵達會客室。陽光透過寬敞的窗口照亮室內，兩道鐵柵欄將房間分成三等分，中間部分占八到十米大小，藉此將囚犯和訪客分隔開來。我端詳在我對面的瑪莉，她穿著條紋洋裝，可可色的肌膚一如往常。我這一頭共有十幾名囚犯，多是阿拉伯人。瑪莉周圍是些摩爾人，她兩邊的訪客一個是全身黑色打扮、嘴唇緊抿的矮小老婦，另一邊是臃腫的婦人，嗓門很大，還不停地比著各種手勢。由於柵欄間隔了一段距離，訪客和囚犯必須高聲說話才能彼此溝通。當我進來時，在赤裸牆面間反彈的回音，加上通過窗戶玻璃後四散在房間裡的刺眼光線，讓我頓時一陣暈眩。比起來，我的牢房寧靜、陰涼多了。我得花上幾秒鐘適應，不過才一會兒，我就又能看清每張臉孔從大白天的光線裡浮現。我看到有個看守員坐在兩道柵欄之間的走道盡頭。許多阿拉伯囚犯和他們的家人都面對面蹲著，即使在一片嘈雜中仍能小聲對談。頭上是不停交錯的呼喊，他們瘖啞的低語形成一股持續演奏的低音呢喃。我一面走向瑪莉，一面恍惚聆聽著，緊貼在欄杆上的她努力朝我擠出笑容。我覺得她很美，卻沒想到該對她表達讚賞之意。

「怎麼樣？」她高聲對我說：「你還好吧？不缺什麼吧？該有的東西都有嗎？」

「都有，什麼都不缺。」

我們安靜了一陣，沒再對話，瑪莉始終對我微笑著。胖婦人朝我隔壁的人喊叫，他是個高大、目光坦率的金髮男子，大概是她先生。他們繼續著之前的話題。

「珍不肯照顧他。」她奮力叫道。

「喔，是嗎？」男子回答。

「我跟她說你一出去就會接她回家，可她就是不肯。」

瑪莉喊著告訴我，雷蒙要她代爲向我問好，我回答「謝了」，但聲音被旁邊的男子一聲「他好嗎」蓋了過去。他太太笑著說：「當然，從來沒這麼好過。」我左邊是個年輕人，個子矮小，生著一雙纖細秀氣的手，從頭到尾一語不發。他對面是那個矮小的老婦人，兩人激動對望，我聽見瑪莉大聲叫我不要放棄希望，因此沒機會繼續觀察他們的舉動。我看著瑪莉說：「我會的。」突然很想隔著洋裝按住她的肩膀；我是如此嚮往觸碰這塊輕薄的布料，除此之外實在不知道該希冀些什麼。而瑪莉想的好像也是同一件事，因爲她總是微笑著。我只看到她潔白閃亮的牙齒和眼角的笑紋。這時她又叫道：「你會沒事的，等你出來我們就結婚！」我回道：「妳眞這麼想？」但其實只是爲了說點什麼。她聽了提高音量，連聲說她相信我將被宣告無罪，然後我們可以再一起去游水。同時，另一邊的婦人喊道她在書記室放了一只籃子，要他把裡面所有東西都點過一遍，強調必須留意沒有短少，因爲每樣都很花錢。左邊的年輕囚犯和他母親依舊相望無言。阿拉伯人的低語繼續在我們高聲喊叫下迴盪著。外頭的日光彷彿像氣球一樣膨脹開來，緊壓著窗洞。

我覺得有點不太舒服，寧願結束會面就此離開，鼎沸的人聲讓我很難受。然而另一方面，我又不想浪費與瑪莉相處的機會。我不知道時間過了多久，瑪莉和我聊了她的工作，臉上一直掛著笑容。呢喃、喊叫、談話互相交錯。會客室裡唯一靜默的，只有我旁邊這對彼此凝望的母子。不久，阿拉伯人一一被帶走，從第一個人離開起，幾乎大家都同時靜了下來。矮小的婦人貼近欄杆，這時看守員向她兒子比了個手勢。他於是說：「再見，媽媽。」她的手從欄杆間穿過去，微微地、緩慢地向他揮手道別。

她離開時進來一個手上拿著帽子的男人，取代了她原來的位置。看守員領進另一名囚犯，兩個人很快就熱絡地交談起來，但音量只有之前的一半，因爲會客室已從原先的嘈雜回復到寧靜。接著我右邊的囚犯也被帶走，他太太好像沒注意到不再需要吼叫，還是高聲對他喊道：「小心點，好好照顧自己。」之後便輪到我了。瑪莉給我一個飛吻。我在走出會客室前回頭望了她最後一眼，她一動也不動，整張臉貼在欄杆上，笑容因而扭曲、僵硬。會面過後不久，她寫了封信給我，我不愛說的那些事也是從這時候開始的。儘管如此，也毋需過度加以渲染，而且在這上頭我比其他人更輕易就熬了過去。收押之初，最辛苦的其實是我的思考模式仍像個自由人一樣，沒有改變。舉例來說，我會想到沙灘上，往海裡走。想像第一波浪潮弄濕我腳掌，身體進到水裡舒暢的感覺，一時之間牢房的四面牆就更顯得壓迫。不過這種情況僅持續了幾個月，過後我的想法便跟普通囚犯無異。我在牢房裡等待每天的庭院散步或是律師來訪的時刻。剩餘的時間我安排得相當妥當。我常想若是有人讓我住在一根枯樹幹裡，天天無事可做，只能仰望那一小塊天空的變化，我也會慢慢習慣。我會等著聽路過的飛鳥或欣賞雲朵的分合，就像我在牢裡等著看律師的奇特領帶，或是在另一個世界裡，我耐心等到星期六，終於有機會抱著瑪莉一樣。而且仔細想想，我並不是待在枯樹幹裡，世上比我更爲不幸的人所在多有。這也是媽媽的看法，她以前經常這麼說：人到最後什麼事都會習以爲常。

其餘的，我沒再想得那麼遠。前幾個月的確很難熬，但咬緊牙關也就撐過去了。例如，我因爲對女人的渴望無法得到滿足而痛苦難耐。我還年輕，這很正常。我從來不是特別去想瑪莉，而是瘋狂地想要一個女人，回想所有我認識的女子，以及當時我之所以喜歡她們的各種情況，然後讓我的牢房裡塡滿了每一張臉，被我的欲望所占領。這雖然讓我感到心理不平衡，但從另一個角度想，卻是打發時間的好方法。後來我獲得了陪送餐員巡房的典獄長的同情。最初，女人問題是他跟我提起的，因爲這是其他受刑人抱怨的第一件事。我告訴他我跟他們一樣，並覺得這種待遇很不公平。「可是，」他跟我說：「這正是人家把你關在監獄裡的用意。」我問：「怎麼說？」「限制行動啊，不是嗎？坐牢就是要讓你失去自由。」我從來沒想過這一點。「沒錯，」我點點頭道：「不然怎麼叫懲罰呢？」「對，你能懂得這道理很好，其他人就想不通，不過最終他們會有法子自己解決的。」說完典獄長就離開了。

此外，還有菸癮問題。入獄時，我皮帶、鞋帶、領帶和口袋裡的東西都一併沒收了，包括香菸。一到牢房，我便請他們還給我，但他們回答說這違反規定。剛開始幾天眞的很難過。沒菸抽可能是最讓我沮喪的一件事。我從床板拔下小塊木片含在嘴裡吸吮；一整天焦躁地踱步，不時感到噁心想吐。我不懂爲何他們要剝奪這種不會傷害任何人的權利。後來，我明白了這也是處分的一部分。不過這時我已經習慣了不抽菸，因而它對我也不再是一種懲罰。

除了這些困擾以外，我還不算太悲慘。就像之前提到的，坐牢的重點其實在於如何打發時間。自從我學會了回想過去，便再也沒覺得無聊過。有幾次我回想起自己公寓裡的房間，在腦海中想像從一端出發，清點路上該出現的東西，再回到原點。剛開始很快就能走過一遍，但每次只要重新來過，花的時間就會更長一些。我漸漸想起每一件家具，然後是家具上的每一樣物件，物件上的所有細節和細節本身，像是鏽痕、裂縫或者有缺口的邊角，乃至於顏色或紋路。在此同時，我試著保全記憶中清單的連貫性，好最後完整地列舉一遍。這樣幾個星期下來，光是數著我房間裡的東西就能花上好幾個鐘頭。愈是認真思考，就有愈多忽略和遺忘的部分從記憶裡浮現出來。結論是，我發現即使在外頭僅生活過一天的人，都能在監獄裡待上百年。他已有足夠的回憶，不會感到無聊。如果單純從這方面來看，可說是個優點。

睡眠也是一個問題。一開始，我晚上睡不好，白天睡不著。日子慢慢過下來，我晚上睡得好些了，白天也還能睡一點。最後那幾個月，我一天能睡上十六到十八個小時，換言之，只剩下六個小時得打發，還不包括吃飯、大小號、回憶遊戲和捷克斯洛伐克的故事。

在床板和草蓆中間，我找到一張幾乎黏在蓆子上、發黃、接近透明的舊報紙。上頭是一則社會新聞，雖然看不到文章的開頭，不過整個事件應該是發生在捷克斯洛伐克。有個捷克男子離開了生長的小村莊，希望能在外地成就一番事業。二十五年後，成功發大財的他帶著妻兒衣錦還鄉。他的母親在家鄉和他姊姊一起經營旅館，爲了給她們驚喜，他將太太和兒子安置在另一家飯店，然後自己到母親的旅館去；由於許久未見，她竟沒認出他來。他突然想和親人開個玩笑，當下要了一個房間過夜，還不吝於表現自己的富有。那天夜裡，他母親和姊姊用榔頭將他殺害，偷走他的錢財，然後將屍體丟進河裡。隔天早上，他的太太到旅館來，在不知情的狀況下揭露了他的眞實身分。最後，他母親上吊，姊姊跳井。這故事我讀了該有上千次。表面上，它看起來太戲劇化，讓人難以置信；另一方面，卻又很合乎常理。總之，我覺得這場悲劇有一部分得怪捷克男子自己弄巧成拙，這種事本來就不該隨便鬧著玩。

就這樣，長時間的睡眠、回憶遊戲、閱讀那篇社會新聞，在日復一日晝夜光影變換間，時間過得很快。我曾讀到在監獄裡待久了會逐漸失去時間概念的說法，但那對我而言沒有太大意義，當時我並不懂，原來日子能讓人同時覺得漫長又短暫。漫長得度日如年不說，還膨脹到彼此交疊，最終界線消失，既定的名字也不復存在。對我來說，只有「昨天」或「明天」這種詞彙還保有原意。

有一天，看守員說我在這裡已經過了五個月，我雖然相信他，卻無法具體領會這句話的含意。在我看來，這只是同一天在我的牢房裡不斷重演，我也不停繼續同樣的動作來消磨時間。這天，看守員走後，我從鐵盆上端詳我的倒影，覺得即使試著對它微笑，它看起來依舊很嚴肅。我左搖右擺，看著那倒影在我眼前晃動，但它還是維持著嚴峻和陰沉的表情。一天將到盡頭，又到了我不願談論的時刻，一個無以名狀的時刻。此時，夜晚的聲音悄悄地從監獄的每一層爬上來。我走近窗邊，在最後的暮光中再次凝視我的倒影。它還是一樣嚴肅，然而已不再教我訝異，因爲此時我感覺自己也嚴肅了起來。剎那間，數個月來第一次，我清楚意識到一個說話聲，並認出那是每到傍晚便在我耳邊迴盪的聲音。原來，這段日子以來，我一直在自言自語。頓時我想起媽媽葬禮上護士說過的話。的確，這種狀況進退兩難，誰都無可奈何，也沒人能想像監獄裡的夜晚是什麼樣的。

3

季節交替得很快，才過了個酷暑，轉眼另一個夏天又到了。我知道第一波熱浪來襲時，新的局面也將隨之而來。我的案子排進了重罪法庭的最後一個庭期，該庭期預定於六月審結終了。開庭的第一天，同樣是個陽光普照的好天氣。我的律師向我保證，辯論的過程不會超過兩或三天。「而且，」他繼續道：「您的案子不是這個庭期最重要的，緊接著後頭還有一件弒父案，所以法庭會盡量速戰速決。」

早上七點半，我被送上囚車，載到法院。兩個法警帶我進到一個小房間，裡頭有股陰暗的氣息。我們坐在門邊等待，門後傳來人聲、叫喚聲、椅子搬動的碰撞聲和陣陣嘈雜，令我想起社區裡辦的節慶活動，當音樂表演一結束，人們會整理場地，空出地方跳舞。警察告訴我在開庭前得等上一段時間，其中一個還遞了根菸給我，我婉拒了。不一會兒，他又問我會不會「怯場」。我答說不會，不僅不會，反而對親眼目睹案件受審的過程很感興趣。我一生中還沒有這樣的機會。「的確，」另一個警察說道：「開始是這樣沒錯，但要不了多久，這就會令人厭煩。」

過了一陣子，裡頭響起鈴聲，法警取下我的手銬，打開門領我走上被告席。法庭裡滿是群衆。儘管放下了簾子，陽光還是從四面八方透進來，窗戶緊閉，悶熱的空氣教人窒息。我坐了下來，法警則站在我的兩邊看守。這時我看見對面一排好奇的面孔，一雙雙眼睛全盯著我瞧，我明白他們就是陪審員。我說不出他們之間有什麼不同，只覺眼前是排普通的電車乘客，正仔細觀察剛上車的人，看看有沒有什麼滑稽可笑的地方。我很清楚這個想法多愚蠢，因爲在這裡他們試圖找的不是什麼笑柄，而是罪行。不過當中的差異並不太大，總之這是我自然而然產生的一個聯想。

擠在密閉空間裡的人群也讓我有點慌亂失措。我再次環顧庭內的每個人，卻找不到一張熟面孔。我一開始沒意識到他們全是衝著我來的。我一向不是個受到矚目的人，因而費了點功夫才明白過來我是這場騷動的核心。我向法警說：「來了好多人啊！」他告訴我是因爲報紙報導的緣故，並指了指坐在陪審團席下方的一群人。「就是他們了。」他說。我問道：「他們是誰？」他又重複了一遍：「報社記者。」這時他與認識的記者打了招呼，對方隨即朝我們走來，他看起來上了年紀，面貌有些猙獰，但不失親和。他與法警熱情地握手。同時，我注意到大家都在互相行禮，聚集交談，就像在俱樂部裡，同一個圈子的人再度聚首那樣融洽。我怪異地感到自己是多餘的，彷彿一個誤闖進來的入侵者。只有那名記者微笑著向我說話，希望我的案子能有好的結果。我對他表示感謝，他又接著說：「您知道的，我們爲您的案子增加了篇幅。夏天是報業的淡季，最近只有您和弒父案比較值得報導。」他說完指著他坐的媒體區，有個矮小男子長得像養胖的鼬鼠，戴著一副又大又圓的黑框眼鏡。他說那人是巴黎某報社特派員：「他其實不是專程爲您而來，不過既然他得負責弒父案的報導，報社那邊便要求他一併處理。」聽完，我又差點想謝謝他，還好及時想起那會有多荒謬。他以一個禮貌的手勢向我道別後，就回到原來的位子去。我們繼續乾等了幾分鐘。

這時我的律師出現了，他穿著律師袍，由許多同僚簇擁著。他先往媒體席走去，跟記者握手寒暄。雙方談笑風生，看起來似乎相當輕鬆自在，直到鈴聲響徹法庭，眾人才趕回座位。我的律師走過來，與我握手致意，並建議我盡量簡短地回答問題，不要主動表示意見，其餘的只要相信他，交給他處理即可。

我聽見左方椅子往後拉的聲音，轉頭看見一名戴著夾鼻眼鏡的高瘦男子，坐下時一邊把身上穿的紅袍細心地拉直。我知道他是檢察官。執達員宣布法官入場，兩架大電風扇發出馬達運轉的嗡嗡聲。接著就來了三名法官，兩人穿著黑袍、一人穿著紅袍，帶著卷宗快步朝俯瞰全場的法官席走去。紅袍法官在中間的椅子上坐下，取下帽子擺在面前，拿手帕擦拭他的小禿頂，然後宣布開庭。記者已經個個手握筆桿準備記錄，清一色面帶無所謂和有些嘲諷的表情，除了一個身穿灰色法蘭絨西裝、搭配藍領帶、看起來相當年輕的記者。他沒有執起放在面前的筆，反而是盯著我看。在他略微不對稱的臉上，我只看到他一雙清澈的眼睛專注地打量我，不表露出一點可供猜測的心思。不僅如此，還讓我有種凝視著我的正是我自己的奇異錯覺。也許是因爲這樣，再加上我對庭訊的慣例沒有概念，所以有點跟不上接下來的所有程序，包括陪審團抽籤，審判長向律師、檢察官和陪審團提問（每問一次，陪審團成員都同時轉頭朝法官席望去），對所控罪狀的快速朗讀（當中我聽見了熟悉的地名和人名），以及對律師的再次提問。

審判長接著宣布將傳喚證人。執達員念出的人名引起我的注意。從剛才看來矇矓、陌生的群衆臉孔中，我看到了養老院的院長和門房、老湯瑪．菲赫茲、雷蒙、馬頌、薩拉曼諾和瑪莉，她朝我有些不安地揮了揮手。他們聽到傳喚一一起身離開旁聽席，然後從側邊的門消失。我還正訝異著沒有更早認出他們，最後一個證人賽勒斯特站了起來。我發現他旁邊坐著曾經在餐廳裡跟我同桌的嬌小女人，依舊穿著那件合身外套，態度一樣那麼明確、果決。她目不轉睛看著我，不過我沒時間停下來思考，因爲審判長又發言了。他說答辯即將正式開始，不需特別強調，在場旁聽的群衆應懂得保持肅靜的道理。他表示自己的角色是以客觀的角度審視本案，並公正地引導案件辯論的進行。他將秉持司法公平正義的精神看待陪審團所做出的判決，而一旦有任何事端發生，都將勒令休庭清場。

室內溫度愈來愈高，在場人員紛紛拿起報紙搧風，發出連續不斷的翻紙聲。審判長比了個手勢，執達員立即取來三把麥稈編織的扇子，給三位法官使用。

接下來馬上開始對我的詰問。審判長以平靜、幾乎帶著些微友好的語氣向我提問。我再度被要求自報身分，雖然極其厭煩，我還是打從心底覺得這很正常，因爲審錯人可就嚴重了。然後，審判長重複我敘述過的事情經過，每三句就停下來問我：「是這樣嗎？」每一次我都按照律師的指示回答：「是的，審判長先生。」由於審判長相當注重細節，整個過程頗爲冗長，一旁的記者群邊聽邊埋頭振筆疾書。我感覺那個年輕記者和舉止如機器般的女子目光停在我身上。電車乘客此時整排都轉而面向審判長。審判長乾咳了幾聲，翻閱手上的卷宗，然後邊搧扇子邊認眞地望著我。

他說他現在必須進行的提問，表面上與我的案子毫不相干，但實際上可能具有莫大的關聯性。我猜到他又要提起媽媽的事，同時感到自己對這一點有多麼不耐。他問我爲什麼將媽媽送進養老院。我回答那是因爲我沒有足夠的錢請人照護和治療她。他問我與媽媽分隔兩地，在感情上對我有沒有影響。我回答自己和媽媽對彼此，甚或對其他任何人，均無所欲求，而且我們都很習慣各自擁有的新生活。審判長於是表示不願繼續著重在這一點上，並詢問檢察官是否有其他問題。

檢察官半背對著我，沒有看我一眼，說明在審判長的同意下，他想知道我是否懷著殺害阿拉伯人的念頭獨自回到流水邊。「不是。」我回答道。「既然如此，爲什麼會帶著槍，又爲什麼會剛好回去那個地點？」我說那只是巧合。檢察官聽完以不懷好意的語氣做出結論：「我暫時沒有其他問題了。」之後的事有些令人摸不著頭緒，至少我是這麼覺得。但在一陣討論交涉後，審判長宣布上午的庭訊告一段落，延至下午聽取證人的證詞。

我來不及思考，隨即被帶離法院，送上囚車回到監獄。吃過午飯沒多久，我正開始感覺到疲倦，押解的人員就出現了；一切重新來過，我回到同樣的法庭，面對同樣的臉孔。不同的只有變本加厲飆高的溫度，奇蹟似的，每位陪審員、檢察官、我的律師和幾名記者都拿到了一把麥稈扇。那個年輕記者和嬌小女子也沒缺席，但他們不動手搧風，仍舊是不發一語地望著我。

我擦掉滿臉汗水，悶熱讓我忘了自己身在何方、所爲何來，一直到聽見傳喚養老院院長上庭作證，這才回過神來。他首先被問到媽媽是否對我有所埋怨，他點頭稱是，但解釋埋怨親人有點算是院友們的習慣。審判長請他說明她是否責怪我把她送進養老院，院長再次給了肯定的答覆；然而這一次，他沒再多說什麼。回答另一個問題時，他說他對我葬禮那天的冷靜感到訝異。他接著被問到他所謂的冷靜是什麼意思。院長聽完問題，低頭看著自己的鞋尖，然後說我不願意看一眼媽媽的遺容，也沒有流下一滴眼淚；葬禮結束就馬上離開，沒有留在墓前悼念。還有一件事令他感到驚訝：有個葬儀社的員工告訴他，我不知道媽媽的歲數。話一說完現場沉寂片刻，審判長繼續問他是否確定他所談論的是我本人。由於院長一時之間聽不懂這個問題的用意，審判長告訴他：「這是法律規定的制式問題，請如實回答。」接下來審判長問檢察官是否想問證人其他問題，檢察官高聲回道：「噢，不必了，這些已經夠了。」並得意洋洋地朝我的方向望過來。這許多年來第一次，我突然有一股想哭的愚蠢衝動，因爲我深深感覺到眼前這些人有多麼厭惡我。

在徵詢過陪審團和我的律師有無其他問題後，審判長聆聽的是門房的證詞。不管是他還是其他證人上庭，法律規定的制式流程總是一再重演。抵達證人席時，門房看了我一眼然後撇過頭去，避開我的目光。緊接著他一一回答了詰問。他說我不想看媽媽最後一眼，抽了菸，在守靈時睡著了，並且喝了牛奶咖啡。語畢，我感覺庭內起了一陣騷動，然後我第一次明白自己是有罪的。門房被要求釐清牛奶咖啡和抽菸的經過。檢察官轉頭瞧著我，目光中閃現一絲嘲諷。這時，我的律師問門房是否跟著我一起抽了菸，檢察官立即激動地起身，對問題提出異議：「試問在這個法庭內誰才是罪犯？難道無所不用其極把證人拖下水，就能減輕其陳述鐵證如山的效力？」雖然如此，審判長還是請門房回答問題。老人家一臉尷尬地說：「我知道這是我的不對，可先生請我抽菸，我不好拒絕。」最後，審判長詢問我有沒有什麼要補充。「沒有，」我回答道：「不過證人說的對。菸的確是我請他抽的。」門房聽了有點詫異地望著我，眼神中懷著感激之情。他猶豫半晌，開口說牛奶咖啡是他提議的。我的律師像是突然占了上風，大聲告知陪審團會將他的陳述列入考量。然而檢察官卻暴跳起來朝我們怒斥：「沒錯，陪審團會將之列入考量，得到的結論會是陌生人可以送上咖啡，但為人兒女，在孕育自己生命的遺體面前，卻應該加以拒絕。」詰問結束，門房回到了旁聽席的座位上。

輪到老湯瑪．菲赫茲時，他必須在執達員的攙扶下才能走到證人席。菲赫茲說他只熟識我媽媽，我本人他只在葬禮那天見過一次。接下來庭上問他我當天的行爲舉止，他回道：「您了解嗎？我太過傷心，什麼也沒注意到。這份傷痛蒙蔽了我的雙眼，由於對我而言失去摯友實在悲痛難當，我甚至昏厥過去。所以，我沒來得及多看這位先生一眼。」檢察官問他是否至少曾看到我哭泣。菲赫茲回答沒有。檢察官於是表示：「陪審團會列入考量的。」但這回輪到我的律師動怒了，他以在我看來過於誇張的語氣追問菲赫茲「能否確定看見我沒有掉一滴眼淚」。菲赫茲說：「不能。」旁聽席傳來一陣笑聲。律師捲起一隻袖子，斷然說道：「這可以說是本次訴訟的最佳注解。所聞盡是模稜兩可的主張，無助於釐清眞相！」檢察官對這番話沒有反應，只是拿鉛筆輕敲卷宗夾。

審理暫停了五分鐘，律師趁空檔告訴我案情頗爲樂觀，之後是賽勒斯特以辯方證人的身分出庭應訊。辯方，那指的正是我。賽勒斯特不時朝我這邊投來目光，手裡搓著一頂巴拿馬草帽。他穿著一套他很愛惜的西裝，有時星期天他會穿著它跟我一起上賽馬場。不過我想他沒能把領子立上去，因爲襯衫領口只用了一顆銅釦扣緊。問到我是不是他的顧客時，他回答：「是的，也是我的朋友。」庭上詢問他對我的看法，他說我是個男子漢；庭上追問這個用詞所謂何意，他表示大家都知道是什麼意思；問他是否認爲我是個性格內向的人，他只承認我不會爲了表達無用的意見而多費唇舌。檢察官詢問我是否按時結清餐費，賽勒斯特笑著說：「這是我們之間的小細節，不足爲外人道。」接著問到對我所犯罪行的看法，他雙手抓著證人席的欄杆，看得出事先已準備過該如何回話：「在我看來，這是厄運造成的結果。大家都知道大禍臨頭是怎麼一回事，那會讓人毫無招架之力。而對我來說這件事也是這樣，就是厄運當頭的結果。」他本想繼續發表意見，但審判長打斷他，說他的意思已經清楚傳達，並感謝他出庭作證。賽勒斯特聽了有些錯愕，隨即又表示希望能再說幾句話。庭上便請他簡短扼要地說明。他重複說著那是厄運使然，審判長對他說：

「好的，我們知道了，不過審理這類厄運帶來的悲劇正是我們的工作。謝謝您的證詞。」彷彿已經竭盡所能爲我盡了最大道義，賽勒斯特轉頭望著我，我感覺他的雙眼濕潤發亮，嘴唇顫抖。他看起來像是在詢問是否還能爲我做些什麼。我一語不發，沒有任何動作，但生來頭一遭，我有了想親吻一個男人的念頭。審判長再度催促他離開證人席，賽勒斯特無可奈何，只得回到旁聽席的座位。接下去的庭訊過程中，他沒有離開，留在旁聽席；上身往前傾，擱在膝蓋上的雙手緊抓那頂巴拿馬草帽，仔細聆聽所有的詰問內容。之後輪到瑪莉進入證人席。她戴著一頂帽子，看起來還是那麼美，但是我比較喜歡她頭髮自然放下來的樣子。我在座位上遠遠地想像她胸部酥軟的觸感，還有那令人懷念的、略嘟的下唇。她看起來很緊張。還來不及稍作鎮定，庭上已經問起她是何時結識我的。她表示自己曾經是我們辦公室的職員。審判長想知道她跟我的關係，她回說是我的朋友。回答另一個問題時，她又承認準備要嫁給我。正在翻閱卷宗的檢察官，突然問她我們的「關係」是何時開始的。她回答了確切的日期。

檢察官以冷漠的語氣指出，那天正是媽媽葬禮的隔天。接著他語帶譏諷地說不願在這敏感的話題上多作文章，他完全理解瑪莉的顧忌，然而（這話說出口的同時，他的語氣也一併變得強硬）善盡職責的重要性更在世俗禮儀之上，他別無選擇。於是，他請瑪莉簡要地敘述我倆發生關係那天的經過。瑪莉原本不想說，但在檢察官的堅持下，她還是描述了海水浴場、電影約會和散場後到我家過夜的始末。檢察官表示聽過瑪莉在預審的證詞以後，他參閱了這一天電影院的場次表，並回過頭來請瑪莉說出電影片名。她以近乎空洞的聲音說，那是部費爾南德爾的片子。話一說完，全場鴉雀無聲。檢察官緊接著站起身，一臉沉重，以讓我感覺到他發自內心的激動口氣，指著我緩緩地說：「陪審團先生們，母親下葬後第二天，這個男人到海邊戲水，開始一段新的男女關係，而且還在放映喜劇片的電影院裡哈哈大笑。其他的，我想我不需要多說了。」他重新坐下，仍舊保持沉默。忽然，瑪莉崩潰啜泣，邊哭邊說事情不是這樣，她還有其他事沒機會說出來；檢察官強迫她說了跟自己想法完全相反的話，她很清楚我的爲人，我沒有做錯事。可是執達員在審判長的指揮下，把她帶離了證人席。庭訊又繼續進行下去。

下一個證人是馬頌，似乎已經不太有人留意他的證詞。他說我是個老實人，「而且還不止呢，可說是個勇敢的男子漢。」薩拉曼諾的情況也大致相同。他說我很關心他的狗。回答關於我母親的問題時，他說我和媽媽已經無話可說，我才會把她送到養老院。「大家要懂得體諒，」薩拉曼諾又說：「要懂得體諒。」可是沒有人臉上出現體諒的表情。他就這樣被帶離證人席。

終於輪到了雷蒙，他是最後一名證人。他微微向我揮手致意，一開口就說我是無辜的。但審判長表示庭上需要的不是他的意見或判斷，而是對事實的陳述，並請他針對提問來作答。首先他被要求說明與被害者的關係。雷蒙趁機強調後者怨恨的是他，因爲他毆打了死者的妹妹。審判長接著詢問被害者是否眞的沒有怨恨我的理由。雷蒙說我會出現在沙灘上，只是巧合造成的結果。檢察官於是問他爲什麼成爲悲劇導火線的那封信竟是出自我的手筆。雷蒙說那也是巧合。檢察官加以駁斥，表示整起事件中巧合釀成的莫大罪行已是天理難容。他想知道當雷蒙毆打情婦時我沒有介入調解，是否純屬巧合；我到派出所作證是否也是個巧合；我的筆錄中出現一味偏袒單方面的陳述，又是不是單純的巧合。最後，他問雷蒙以何種行業維生；當後者回答「倉庫管理員」時，檢察官卻向陪審團表明證人以拉皮條爲業是衆所周知的事實，而我正是他的共犯兼好友。這是一樁極其下流的慘劇，由於被告的道德觀異於常人，使其罪行更加令人髮指。雷蒙想爲自己辯解，我的律師也起身抗議，然而卻被告知必須先讓檢察官做完陳述。後者說：「我只剩下一點需要補充。他是您的朋友嗎？」他向雷蒙問道。「對，」雷蒙答道：「他是我的好哥兒們。」檢察官又向我提出同樣的問題，我朝雷蒙望去，他沒有避開我的目光。我回答：「對。」檢察官轉頭向陪審團宣告：「這個男人不僅在母親下葬後第二天就不知羞愧地放浪形骸、盡情享樂，更爲了微不足道的理由和一件傷風敗俗的卑劣勾當，冷血地犯下了殺人的罪行。各位，被告就是這樣一個人。」

語畢，檢察官坐回位子上，我的律師再也耐不住性子，高舉雙臂大聲疾呼，使得捲起的袖子掉了下來，捲起處露出漿過的襯衫折痕：「請問，被告犯的罪究竟是殺人，還是埋葬了自己的母親？」庭內響起一陣笑聲。可是檢察官再次站了起來，披上袍子說可敬的辯方律師應該是過於天真，因而未能察覺到兩者之間有著深刻、令人悲嘆和本質上的重大關聯。「沒錯，」他熱烈地喊道：「我控訴這個男人帶著一顆罪犯的心埋葬了母親。」這個結論似乎對法庭裡的群眾起了不同凡響的作用。我的律師無奈地聳聳肩，拭去額頭上的汗水。但他臉上之前的樂觀已不復存在，我明白對我而言大勢已去。

審判長宣布閉庭。步出法院登上囚車前的那一刻，我短暫地感受到夏夜的氣味和顏色。坐在黑暗的活動監獄裡，這座我鍾愛的城市獨有的聲音，以及專屬於這個我格外喜愛的時刻的聲音，在我疲憊的腦海中迴盪。漸趨慵懶的空氣裡，報童的叫賣聲，廣場中最後的鳥鳴，三明治小販招攬客人的吆喝，電車經過城市高處拐角發出的尖響，夜晚降臨前港口上空的喧囂，這一切在我心裡重組成一趟看不見的旅程，讓我在回到監獄前重溫一遍。是的，這便是許久以前教我心情愉悅的黃昏時分。當時等待著我的是輕飄飄的無夢夜晚。現在事情有了轉變，明日來臨之前，我安身休憩的地方變成了牢房。夏季傍晚的熟悉路徑，既能通往一場好夢，也能通往一間牢房。

4

就算是坐在被告席上，聽到別人談論自己仍然是件有趣的事。在檢察官和律師的攻防中，有許多針對我個人的討論，甚至比針對罪行的討論還多。不過，雙方的主張是否眞有很大的差異？律師高舉手臂說有罪，但情有可原，要求減刑；檢察官揮舞著雙手，也說有罪，且罪不可赦，不應減刑。有件事隱約地讓我感到爲難。即便是在專注於案情的狀況下，有時我會有股想加入表達意見的衝動，律師總是告訴我：「別說話，那對您的案子沒有好處。」某種程度上，他們像是把我排除在外進行訴訟。所有的過程都沒有我參與的餘地。我的命運就這樣被他人決定，沒有人問過我的看法。偶爾我會想打斷所有人說：「拜託！到底誰才是被告？被控殺人是件很重大的事，而我自己有話要說。」但略作思考以後，我發現其實沒什麼好說的。此外，我必須承認，每個人專心聽別人說話的興致都只有三分鐘。例如，檢察官的辯論很快就令我感到厭倦。只有某些片段、手勢或一段完整的論述，教我震驚或引起我的興趣。

他的論述依據，如果我的理解沒錯的話，是我預謀殺人。至少，這是他試圖證明的。正如他所言：「我會證明這一點的，陪審團先生們，而且我會從兩方面來論證。首先是再明顯不過的犯罪事實，其次是罪犯心理狀態的黑暗面。」他扼要地敘述了從媽媽葬禮開始的一連串事件，再次提起我的無動於衷，對媽媽年紀的一無所知，第二天的海邊戲水，與女人約會，電影，費爾南德爾以及最後帶瑪莉回家過夜。這時我花了點時間才聽懂他的話，因爲他用了「情婦」這個詞，而對我來說，她只是瑪莉。接著他談到雷蒙事件的來龍去脈。我發現他對事情的觀察分析頗爲有條不紊，他的說法聽起來也算言之成理。他的推論是，我跟雷蒙串通寫了那封信，好引來他的情婦，讓她遭受到一個「道德品行大爲可疑」的男子虐待。我在沙灘上向雷蒙的兩個對頭挑釁，結果害他受傷。我趁機向他要來手槍，然後獨自一人回到案發地點報復。我一如心中預謀的射了那阿拉伯人一槍，等了幾秒鐘後，「爲了以防萬一」，又連續開了四槍，沉著地，毫不猶豫地，可以說是經過思考後做出的舉動。

「到這裡爲止，先生們，」檢察官說道：「我在你們面前分析了導致被告在完全理智的情況下殺害了死者的一連串事件。我想特別強調這一點，因爲這不是一般的謀殺案件，不是那類出於衝動魯莽所犯下、各位得以酌情減輕其刑的罪行。被告是個受過良好教育的聰明人。你們聽到了他的證詞，不是嗎？他知道該如何回答問題，他懂得字句的含意，而我們看不出他犯下罪行時不清楚自己在做什麼。」聽到這裡，我知道庭上認爲我聰明而有理性；我不太了解的是，爲何在一個普通人身上被視爲優點的特質，會成爲對罪犯不利的決定性證據。光是這一點已教我震驚，因而沒能專心聆聽檢察官之後的論辯，直到我聽見他說：「他是否曾對犯行表示出一點悔意？從來沒有，先生們。審訊過程中，這個人沒有一次爲自己不可饒恕的重罪感到懊惱。」這時他轉向被告席，邊指著我邊繼續嚴詞控訴，即使實際上我不太懂爲什麼他對這一點如此執著。

我也許無法否認他說得有理，我對自己的行爲確實不怎麼後悔，但如此猛烈的人身攻擊還是完全出乎我意料之外。我也想試著誠心地，甚至友善地向他解釋，我從來沒能眞正對任何事物後悔過。一直以來，我總是專注於眼前，像是今天或明天即將到來的一切，無暇顧及過往。當然，以我現下的處境，我無法跟任何人以這種語氣說話。我失去了表達情感、擁有善意的權利。我試著往下聽，因爲檢察官此時正準備探討我的靈魂。

他說自己曾就近觀察，但沒有任何發現；事實上，我沒有所謂靈魂，沒有一點人性，沒有任何維繫人心的道義準則能讓我有所共鳴。「或許，」他解釋道：「這不能怪他。我們不能埋怨他沒有自己無法擁有的東西。但是在法庭上，我們必須捨棄寬容這種消極的美德，以或許有失人情、卻更爲崇高的公平正義來取代；尤其是當我們發現，像被告這樣欠缺一切普世價値的匱乏心靈對社會造成了危害，更應如此。」他接著談到我對待媽媽的態度，並重申他在詰問時表達過的觀點，但這次花的時間比起分析我的犯行時長了許多，以至於到後來我只感覺到炎熱早晨的高溫在我身上發酵。直到檢察官忽然稍作停頓，我才回過神來。他沉默片刻後，以低沉、渾厚的聲音說道：「各位陪審員，明天在這同一個法庭上即將審理的，是千夫所指的重罪：謀殺親父。」據檢察官所言，其罪行之凶殘是超乎想像的，他並且坦言寄望法庭能毫不留情地予以嚴懲。然而他也必須承認，弒父罪令他感到的醜惡與可憎，幾乎比不上我的無動於衷所帶給他的震撼。他說，一個在精神上殺害母親的人，和雙手染上至親鮮血的人，一樣爲社會所不容，因爲前者種的因可能導致後者結的果。他彷彿在發表某種預言，且極力加以辯證：「我深信，先生們，」他提高嗓音繼續道：「當我說今天坐在被告席的這名男子得一併爲明天同一個法庭審訊的謀殺案負責，你們不會認爲我言過其實。因此，他必須受到應有的懲罰。」說到這裡，檢察官伸手擦拭滿臉晶亮的汗水，接著表示這是份沉重而痛苦的職責，但必定會堅決執行到底。他認爲既然我跟這個社會完全脫節，連基本規範都不認同，便不該在無視於人心與生俱來之情感的前提下，還央求自己的罪行受到寬恕與憐憫。「我請求以極刑作爲處分，」他說：「而且我心中坦然，沒有懊悔。儘管在我漫長的職業生涯中，難免面臨將嫌犯求處死刑的時刻，這艱難的職責也從未像今天那樣令我覺得適得其所。在眼前這張泯滅人性的臉孔所帶給我的憎惡，以及捨我其誰、神聖不可侵犯的良心驅使下，我的信念從未如此堅定。」

當檢察官回座後，取而代之的是一陣頗長的靜默。我在炎熱和震驚的交相荼毒下，只感到呆滯和錯愕。審判長乾咳了幾下，低聲問我是否有話要補充。我站起身來，由於想發表意見的欲望一時獲得紓解，我脫口說出自己並非蓄意殺害阿拉伯人。審判長回說會將這段陳述列入考量，並表示截至目前爲止，他摸不清我方的辯護論述架構，希望在律師結辯之前，能先請我說明犯罪動機。我回答說，那全是太陽惹的禍；因爲急著回話，口中的字句糊在了一塊兒，加上自己也覺得這理由荒謬透頂，更顯得慌亂失措。旁聽席傳出了笑聲，我的律師無奈地聳聳肩，之後隨即輪到他發言。不過他卻說時間已晚，要求延至午後繼續。審判長應允了。

當天下午，大電風扇依舊翻攪著法庭裡厚重的空氣，陪審團的彩色扇子全部朝著同一方向擺動。律師的結辯陳述似乎永遠沒有盡頭，然而談到其中某一段時，倒是引起了我的注意，因爲他說：「的確，我殺了人。」接著他又以同樣的語氣繼續，亦即當他提到我時使用了第一人稱。我感到相當驚訝，忍不住向其中一個法警詢問是怎麼回事。他起先要我別作聲，過了一會兒他才回道：「每個律師都來這一套。」我認爲這種行爲是再一次將我排除在我的案件之外，把我的存在降爲零，還有從某種層面上，取代我的地位。不過，我覺得自己也已經完全從法庭沉悶的辯論中抽離。不僅如此，律師的陳述在我看來荒謬至極。他在預謀犯罪上的辯護只是匆匆帶過，然後跟檢察官一樣談到我的靈魂。但比起檢察官，律師在這方面似乎遜色多了。「我也曾就近觀察這個靈魂，得到的結果與這位傑出的檢察署代表恰恰相反。我不費吹灰之力，便發現了被告的衆多人格特質。」他說我是個善良正直的人，出勤規律未曾懈怠，忠於所屬公司，受到所有人喜愛，並同情他人苦難。在他口中，我在能力允許的範圍內盡可能地奉養自己的母親，是爲人子女的楷模。畢竟，我只是希望在養老院裡，年邁的親人能夠獲得自己經濟條件所無法提供的照料。「陪審團先生們，我很震驚本案中與養老院的相關詰問引起了這麼大的騷動。因爲歸根究柢，資助這些機構營運的不正是我們的國家嗎？這足以證明它們存在的莫大功用和必要性。」可是，他對葬禮這一環隻字未提，我覺得這是他的辯護中明顯的缺漏，但我已無心顧及；這些長串堆疊的詞句、連日來的庭訊和不斷在我的靈魂上打轉的疲勞轟炸，讓我感到一切就像攤渾濁乏味的死水，我暈頭轉向。

最後，我只記得當我的律師還在滔滔不絕時，冰淇淋小販喇叭聲從路上穿透門窗，進入法庭傳到我耳裡。我腦海中不停湧現那些不再屬於我的日子，當中有我最微不足道和最根深柢固的歡樂回憶：夏天的味道，我所喜歡的社區，某個夜晚的天空，瑪莉的笑聲和洋裝。困在這裡的無用武之地和束手無策，頓時哽住我的喉頭，我心中只剩一個急切的渴望——教辯論立刻終了，好讓我能回到牢房倒頭就睡。終於，我的律師在結尾大聲疾呼，陪審團不會樂見一個老實的公司雇員因爲一時失常而被處死，並要求酌情從輕量刑，因爲我將終生遭受良心譴責，而那才是最嚴厲的懲罰。庭訊終止，律師筋疲力竭地坐回椅子上。他的同僚們過來和他握手致意。我聽到：「太精采了，老兄。」其中一個甚至還尋求我的附和：「對吧？」我雖然點頭贊同，但這客套的恭維沒有多大說服力，我眞的太累了。

時間已近黃昏，室內也不再熱氣沸騰。透過路上傳進來的聲音，我想像夜晚的輕柔。我們全都留在法庭等待，而大家引頸企盼的結果只關乎我一個人。我再次環顧法庭，看起來和第一天一樣，沒有任何改變。掃視中，我的目光與穿灰色西裝的記者和機器般舉止的女子短暫交會。這讓我想起整個訴訟過程中，我沒有去看瑪莉一眼。並非我忘了她的存在，而是我腦袋裡太忙亂。我看到她坐在賽勒斯特和雷蒙中間。她朝我微微招手，像是在說「終於等到了這一刻」，略帶焦慮的臉龐對我微笑著。但我覺得整顆心像是封閉了起來，甚至沒能回應她的笑容。

三位法官重新回到庭上。很快地，有人向陪審團朗誦了一連串問題。我聽見「謀殺罪」……「預謀」……「酌情從輕量刑」幾個字眼。接著陪審團步出了法庭，我又被帶回等待開庭時去過的小房間。我的律師過來看我，一開口便說個不停，他以往跟我說話時從未表現出同等的自信和熱忱。他認爲事情很順利，我只消在監獄待上個幾年就能脫身。我問他若審判結果對我不利，是否有可能撤銷原判，他的回答是否定的。他當初的策略是盡量不提呈當事人的意見，以免引起陪審團的反感；並解釋說已經成立的判決不可能無緣無故撤銷。這聽起來理所當然，我也願意接受他的邏輯。若是冷靜地看待整件事，這其實再正常不過。要不然，每個判決都會是一張廢紙，訴訟案件永遠沒完沒了。「無論如何，」律師說：「您還是有權上訴。不過我相信結果會是有利的。」

我們等了很長一段時間，將近四十五分鐘左右，然後鈴聲響起。我的律師道：「陪審團主席即將宣讀結論。您得等到宣判時才能進到法庭。」說完他便離開。我聽到開關門還有上下樓梯的聲響，但分不清他們是近還是遠。接著，庭內傳來低沉的朗讀聲。當鈴聲再度響起，我重新步入被告席，整個法庭的靜默淹沒了我。在這靜默當中，我心中湧起一股古怪感受，因為那名年輕記者避開了我的目光。我沒有朝瑪莉的方向看。我無暇多做這樣的舉動，因為審判長正用一長段拗口生硬的語句，告訴我將以法蘭西國民之名，將我處以在廣場上斬首示眾。這一瞬間，我彷彿讀懂了現場每一張臉上的表情。我想那該是種帶有敬意的同情。法警對我相當客氣。律師拍拍我的手背以示安慰。我腦中再沒有任何想法，審判長卻問我是否還有話想說。我思考了一下，回答說：「沒有。」於是，我就被帶離法庭。

5

我拒絕見監獄牧師，已經是第三次了。我沒有話可對他說，也沒有一點交談的興致，反正再過不久我就會見到他了。此時我感興趣的，是逃過整個運作機制，找出這無法抗拒的結局是否還有轉圜的餘地。我換到另一間牢房，躺下來能看到天空，我也一直盯著它不放。我觀察它臉上色彩的隱退變化，看著白日過渡到黑夜，每天就這樣度過。我枕著雙手仰臥，靜靜等待。不知道有多少次，我在腦海中搜尋例子，有哪個死刑犯逃出虎口，在行刑前消失，或是突破警戒線脫身的？然後，我不禁責怪自己對這些行刑紀錄未曾多加留意。關心這些事情絕對有其必要性。人永遠不知道未來會發生什麼。我像所有人一樣讀過報紙上的報導，不過坊間一定另有些專題著作，只是我以前從未有足夠的好奇心去翻看。要是看了，也許便能從中找到關於越獄的描述，我就會知道命運的巨輪至少有過停擺的案例：在這無可逆轉的既定安排下，有那麼一次，偶然和機運曾經帶來了改變。僅僅一次也好！某種程度上，我相信那對我便已足夠，其餘的我會自己想像。報紙上經常提起罪犯對社會有所虧欠，據他們所言，這筆債必須償還，但這對想像力起不了作用。只要有一個逃亡的可能性，有機會跳脫無法避免的行刑儀式，朝開啓無限可能的希望狂奔，那才是最重要的。當然，所謂的希望，不過是逃跑途中在街角被飛來的子彈擊倒。然而，儘管思考得再周詳，沒有任何環節容許這小小的奢望，一切都事與願違，法網恢恢將我禁錮。

雖然我竭力理解，還是無法接受這種蠻橫的結果。說到底，在奠定這個結果的判決和宣判後不可動搖的執行過程間，存在著荒謬與失衡。像是判決宣讀的時間是在晚間八點而非下午五點、裁定的結果有可能完全不同、做出判決的是些經常更換襯衣的人，還有名義上代表的是法國國民（而非德國或中國）這樣不精確的概念……這些變數，大大降低了決定本身的嚴肅性。可是我卻得被迫接受，從判決確定的那一刻起，其效力是如此明確，如此嚴正，就像我身後緊靠著的這堵牆那般，絲毫不容動搖。

當這些想法充斥腦海時，我就會想起媽媽講過一個有關我父親的故事。我從來沒見過他，關於他最清晰的印象也許就是媽媽告訴我的這件事：他去看了某個殺人犯的處決。儘管光是動了這個念頭已教他渾身不舒服，他還是勉強去了，結果回來嘔吐了整個上午。可想而知，我父親讓我有點倒胃口，但是現在我能理解那是多麼自然的事。我以前居然不懂，沒有什麼會比看死刑犯處決更重要，畢竟對一個人來說，那是唯一眞正有趣的事！假如有幸出獄，我一定會去看每一場處決。這麼想顯然很蠢，畢竟哪有這種可能呢。只是一想到某天早晨，我可以自由地站在警察防線的另一端，或是以觀衆的身分來看行刑，接著回家嘔吐，興奮之情就無可遏抑地湧上心頭。不過這並非明智之舉，放任自己沉浸在這些空想無疑是種錯誤，才過一會兒我就冷得蜷曲在毛毯裡，忍不住牙齒直打顫，沒法停下來。

話說回來，人是不可能永遠那麼理智的。比如有一次，我幻想草擬法律條文，大肆改革刑罰。我發現重點在於給犯人一個機會，就算是千分之一的機率也已足夠。在這個前提下，我覺得可以去研發一種化學配方，服用的病人（我設想的是「病人」）當中十個僅有一個能存活，先決條件是他事前知情。因爲仔細、冷靜地思考下來，我注意到鍘刀有個缺點，就是完全沒得僥倖，一個都不放過。無論如何，病人是百分之百死定了，就像事情業已告一段落，大勢底定，正如談妥的協議不可能再走回頭路。若是鬼使神差地鍘刀沒能一次解決人犯，頂多就是重來一遍。到頭來，囚犯反倒該祈求機關運作別出任何狀況。我說這是個缺點，單從這方面看的確是，但在另一個角度上，我必須承認整個安排計算的巧妙盡繫於此。總而言之，犯人即便是心理上也得乖乖合作。一切能順利進行沒有意外，對他才是最有利的。

此外我還發現，直到現在我在死刑的執行上還有著錯誤的印象。我一直以爲——而且不知道爲什麼——要走到鍘刀之前，得先經由階梯爬上斷頭臺。我想應該是因爲一七八九年的大革命，也就是學校教的或給我們看的圖片呈現的都是那樣的場景。然而有天早上，我記起有場相當轟動的處決，報紙上刊登過照片。事實上，刑具是直接擺在地上。那是天底下最簡單的裝置，而且它比我想像中還來得窄。我奇怪自己居然沒早點想到。照片上機關設計的做工精確、完善和閃閃發亮的外觀，令我印象深刻。人對自己不了解的事物總會衍生出過於誇張的印象。事實卻恰恰相反，行刑的安排一點都不複雜，刑具和受刑人是位在同一個水平面，走過去就像迎向另一個人那樣。這也教人懊惱。登上斷頭臺感覺彷彿升上天堂，賦予人一個具有安慰作用的想像。現有的行刑機制卻破壞了這一切，人犯變成是含著恥辱，在嚴密安排下被審慎而精確地處決。

我一直在思考的還有兩件事：黎明和上訴。不過我盡量控制自己不再去想，躺下仰望天空，強迫自己專注。當天色由藍轉綠時，我知道夜晚即將來臨。我聆聽自己的心跳聲好轉移思緒。我不能想像這個一直伴著我的聲音會有終止的一天。我向來不擅長想像，但仍舊嘗試模擬心跳聲不再迴盪於腦際的一刻。然而無論多麼努力也是徒然，黎明或是上訴的問題總是揮之不去。最後我決定，不去勉強自己才是明智之舉。

死刑犯一向是在黎明時分押赴刑場，這我早知道。於是，我每晚都在等待這個黎明的到來。我從來不喜歡意外，當有事情發生時，我希望自己是準備好的。這便是爲什麼我每天只在白天小睡一會兒，整夜耐心守候，直至曙光從蒼穹顯現。漫漫長夜裡最難熬的，是那個我預估他們通常在這時執行押送的時刻。一過午夜，我便開始戒備等待。我的雙耳從未聽見這麼多微弱的聲音，又能一一分辨得那樣清楚。而且，我可以說運氣很好，還從來沒有聽到過腳步聲。媽媽常說禍福相依，世上沒有全然不幸的人。當天空染上顏色，嶄新一天的日光流洩進我的牢房時，我完全贊同她的說法；因爲我也可能聽見腳步聲，然後心臟嚇得蹦出來。儘管稍有一點風吹草動，我便不由自主地衝到門邊，驚惶地將耳朵貼在木門上，直到聽見自己的呼吸嘶啞一如老狗的喘息，惹得我心生憂懼。但只要最後我的心臟還完好如初，知道自己的生命又可延長二十四小時，便能感到欣慰。

一到白天，我轉而思考上訴的問題，並從中獲益良多。我盤算各種可能，且在深思熟慮中獲得最大的慰藉。我總是假設最壞的結果：上訴遭到駁回。「所以，我必死無疑。」但很顯然地，只是比其他人早一些。所有人都知道，人生並不值得走那麼一遭。實際上，一個人是死於三十歲或七十歲並不十分重要，因爲無論如何，自然有其他男男女女會繼續活下去，而且活上千千萬萬年。總之，這一點顯而易見；不管是現在還是二十年內，死的橫豎是同一個我。我唯一不太能灑脫以對的是，一想到那可多活的二十年，強烈的欲望便在我心中翻騰。不過我只消想像這二十年中，當我還是得回來面對這一關時會作何感想，這股渴望便會被澆熄。可以確定的是，當人生走到盡頭，死亡的時間和死法已不重要。因此（困難處在於不要忘記這個「因此」所代表的一連串辯證），我必須接受上訴遭到駁回的事實。

此時此刻，經歷了這許多心理建設，我才給自己探討第二種假設的權利：

上訴成功，獲得減刑；麻煩的是得盡量平復這份讓我全身血液逆流、眼眶泛淚的荒誕喜悅。我必須全神貫注壓抑尖叫，才能保持理智。我必須以平常心看待這個假設，那麼我在第一種假設裡的順從和消極才算合情合理。一旦成功，我得到的是一個小時的平靜。儘管時間不長，也已值得。

就是在這些思緒翻來覆去的時刻裡，我又一次拒絕了監獄牧師的來訪。我平躺著，從微泛金黃色的天空預見夏夜的降臨。我剛剛駁回了自己的上訴，正感覺身體裡的血液規律循環。我毫無會見監獄牧師的必要。接著，長久以來第一次，我想起了瑪莉。她已經有好些時日沒再寫信給我。這天晚上，我仔細想了想，告訴自己也許她厭倦了繼續當死刑犯的情婦；又或者她生了病還是過世了，這些都是可能的原因。我們分隔兩地的軀體已失去任何聯繫，也沒有什麼可供彼此追憶。再說，從推測她可能已經死亡那一刻開始，瑪莉的回憶對我已無關緊要。她一旦死去，我便不再感興趣。我覺得這很正常，因為我完全能理解一旦我死了，人們將把我遺忘。他們不會再跟我有任何關係。我甚至不能說這種想法會讓我傷心難過。

就在這個時候，監獄牧師突然進來了。我一見到他，禁不住微微打冷顫，他看到後告訴我不要害怕。我說他一般不是在這個時間過來，他回答說這只是一次友善的探訪，與我的上訴沒有任何關聯，他對此也一無所知。他在我的床上坐下，並請我過去坐在他身邊，但我一口拒絕了。雖然如此，我還是覺得他的態度很溫和，很親切。

他坐了一會兒，低頭盯著自己擱在膝蓋上的雙手，接著雙手緩慢地互相摩擦著；我將那雙纖細而結實的手聯想成兩隻敏捷的小動物。他始終垂著頭，維持同樣的姿勢不動，就這樣過了良久；有一刻，我甚至忘了他的存在。

忽然，他抬起頭面對著我說：「爲什麼你一再拒絕我的探視？」我回答說我不相信上帝。他想知道我是否眞的確定這一點，我說我沒必要思考這個問題，信不信上帝對我而言並不重要。他聽完往後靠著牆壁，雙手平放在大腿上，幾乎看不出來是在跟我說話。他表示有時候我們自以爲很篤定的事，實際上卻非如此。我沒有回話。他看著我問道：「你的看法是什麼？」我回答說這是有可能的。不過無論如何，就算我不確定自己眞正感興趣的是什麼，我對自己不感興趣的事卻非常確定。而他想跟我談的話題，正好就是我不感興趣的。

他轉過頭去，不再注視著我，但沒有改變姿勢，接著問我是否因爲過於絕望才這麼說。我解釋說自己並不是絕望，而是害怕，這很正常。「那麼上帝能幫助你，」他說道：「所有我見過與你相同處境的人，都轉而求助於祂。」我承認這是他們的權利，而且他們願意付出那樣的時間。至於我，我不需要幫助，也已沒有時間去爲我原本不感興趣的事情培養興趣。

這時，他雙手的動作透露出不快，不過還是重新坐正，一邊整理牧師袍的縐褶。整理妥當以後，他稱呼我爲「我的朋友」，又說他這樣對我說話並非因爲我是個死刑犯，依他所見，世上每個人都被判了死刑。我打斷他說這完全是兩回事，不能混爲一談；再說，不管怎樣，這種觀點都不會帶來安慰。「當然，」他同意道：「你說的沒錯。但就算你今天逃過一劫，死亡還是遲早的事。於是，同樣的問題會再度出現。你要如何面對這令人畏懼的考驗？」我回答說我會用和現在一模一樣的方式面對它。

聽完他站了起來，直視我的雙眼。這是我非常熟悉的遊戲。我經常跟艾曼紐或賽勒斯特比賽，結果通常是他們先認輸避開我的目光。我立刻就看出來，牧師對這個遊戲也很在行：他的眼神毫不閃爍。當他說話時，聲音也很平穩：「難道你完全不抱任何希望？難道一直以來，你都認為死後自己的生命將完全消逝，沒有什麼會遺留下來？」我回答道：「對。」

他低下頭，又坐了下來。他說他同情我，他認為這種想法必定會讓人生變得難以忍受。但我只覺得他令我感到厭煩。走到天窗下，我背靠著牆壁，撇過頭去。儘管不太專注，我還是聽見他繼續向我拋出一連串的問題，聲音中充滿不安和急迫。我明白他當眞苦惱了起來，這才比較用心聽他說話。

他說他確信我會上訴成功，但我背負著沉重的罪孽，必須設法卸下。據他所言，人類的審判微不足道，上帝的審判才是至高無上的。我卻指出將我判處死刑的是前者，而非後者。他的回答是那並不足以洗淨我的罪過。我告訴他我不知道所謂罪過爲何，只是被告知自己犯了罪；因爲有罪，所以得爲此付出代價，沒人有權再對我做出更多要求。此時他又站起身來。我忽然懂了在這間狹小的牢房裡，若是他想變換姿勢，唯一的選擇不是坐下就是站起來。

我的一雙眼睛正盯著地上。他朝我邁進一步，然後停了下來，好似他不敢再靠近。他透過欄杆觀望天空。「你錯了，孩子，」他說：「人們可以對你做出更多要求。也許不是現在，但是在將來。」我問：「什麼要求？」他回答：「你可能被要求去看。」我又問：「看什麼？」

牧師環顧四周，用我覺得極其疲憊的聲音回道：「這些磚石滲著痛苦，我很清楚，我每次看到總是感到焦慮不安。但是在內心深處，我知道即使是最卑鄙可恥之徒也曾經看到黑暗的牆面中有張神聖的面容浮現。這便是你要看的。」

我有點惱火了。我說我盯著這四面牆已經有好幾個月，世上沒有任何事物抑或任何人是我更了解的。很久以前，也許我曾經試圖從中尋找一張臉龐，但它帶著太陽的顏色和欲望的火苗：那是瑪莉的臉龐。我的嘗試只是徒勞無功，什麼都沒找到。現在，我已經完全放棄了。總而言之，我從來沒看到這些磚石中浮現過什麼影像。

牧師悲傷地望著我。我的背緊貼著高牆，日光灑在我的額頭上。他說了幾個我沒聽清楚的字，接著很快地問可否親吻我。「不行，」我回道。他轉過身走向牆邊，緩慢地伸手順著摸過牆面，邊喃喃地說：「你眞有那麼愛這個世界嗎？」我沒有回答。

他就這樣背對著我頗長一陣子。他的存在讓我喘不過氣，令我厭煩，我正想請他離開，留下我獨自一個人，他猛然轉向我激動地大聲呼喊：「不，我不能相信。我確定你一定曾經希望有來世。」我回答那當然，但這跟希望成爲富翁、游泳游得很快，或嘴唇長得更漂亮相差無幾，每個人都有這一類的願望。但他打斷了我，並詢問我想像中的來世是怎麼樣的。我咆哮道：「能讓我記起這一世的，那就是我想像的來世！」緊接著我馬上告訴他我受夠了。他還想跟我談論上帝，我走向前想跟他解釋最後一次，我剩下的時間不多了，不想把時間浪費在上帝身上。他試著轉移話題，問我爲什麼稱呼他「先生」而非「神父」。他這句話惹惱了我，我回說他不是我的神父，他是站在其他人那一邊的。

「不，孩子，」他拍拍我的肩膀說：「我是站在你這邊的。只不過你的心已被蒙蔽，所以看不出這一點。我會爲你祈禱。」

不知道爲什麼，一股無名火在我體內爆發開來，我扯著喉嚨對他破口大罵，要他別爲我祈禱。我抓住他長袍上的頸帶，在喜怒參半的迷亂中，將心底湧上的怨氣一股腦兒朝他宣洩。他看來的確是信心滿滿，對吧？然而，再多堅定的信念也比不上一根女人的頭髮。他生活的方式就像具行屍走肉，甚至不能說他是實實在在地活著。我表面上看起來也許是兩手空空，但我對自己很確定，對一切很確定，對自己的人生和即將來臨的死亡很確定，比起他擁有更多的自信。沒錯，這是我手上僅存的籌碼，可是至少我掌握了此一事實，一如它掌握了我。過去我是對的，現在我還是對的，我一直都是對的。這是我的生活方式，只要我願意，它也可以是完全另外一種。我選擇了這樣做而非那樣做。我沒去做某件事，卻做了另一件事來。然後呢？就像我一直都在等待這一刻，這個可以爲我的生存之道佐證的黎明；一切的一切都不重要，我很清楚爲什麼，他也很清楚。從我遙遠的未來，一股暗潮穿越尚未到來的光陰衝擊著我，流過至今我所度過的荒謬人生，洗清了過去那些不眞實的歲月裡人們爲我呈現的假象。他人之死、母親之愛、他的上帝、他人所選擇的生活、他人所選擇的命運，與我何干？反正找上我的這種命運，也會找上成千成萬像他一樣自稱爲我兄弟的幸運兒。所以，他明白嗎？活著的人都是幸運兒，世上只有這一種人。大家一樣遲早要死，連他也不例外。一個謀殺罪被告，若只是因爲沒有在他母親下葬時哭泣而被處決，那又如何？薩拉曼諾的狗的地位，等同於他的太太。舉止如機器人般的嬌小女子，跟馬頌娶的巴黎人，或想嫁給我的瑪莉一樣有罪。雷蒙和比他強上許多的賽勒斯特同樣是我的哥兒們，那又如何？瑪莉今天爲另一個莫梭獻上雙唇，那又如何？眼前這個死刑犯會明白嗎？從我遙遠的未來襲來的……我在呼喊這一長串字句中上氣不接下氣。這時，看守員出現，將我從牧師身上拉開，並警告我勿生事端。他反過來安撫他們，並望著我好一會兒沉默不語，眼中滿是淚水。最後他轉身掉頭離去。

他一走，我又找回了寧靜。我累得撲到床上去。我想我是睡著了，醒來時已見點點星光映入眼簾，屬於鄉野的聲音從遠處傳來。夜晚的清新、土地和海鹽的芬芳令我精神一振。夏夜不可思議的靜謐像潮汐般將我淹沒。此時，在這黑夜盡頭、拂曉之前，我聽見汽笛聲響起。它宣示著旅程即將展開，通往從現在直到以後對我而言已完全無所謂的世界。許久以來第一次，我想起了媽媽。我想我了解爲何她在生命來到終點時找了個「男朋友」，爲何她會玩這種從頭來過的遊戲。即使是在那裡，在那個生命逐一消逝的養老院，夜晚依然像個憂鬱的休止符。與死亡那麼靠近的時候，媽媽必然有種解脫之感，而準備重新再活一次。這世上沒有人，沒有任何人有權爲她哭泣。我也像她一樣，覺得已經準備好重新再活一次。彷彿那場暴怒淨化了我的苦痛，掏空了我的希望；在布滿預兆與星星的夜空下，我第一次敞開心胸，欣然接受這世界溫柔的冷漠。體會到我與這份冷漠有多麼貼近，簡直親如手足。我感覺自己曾經很快樂，而今也依舊如是。爲了替一切畫上完美的句點，也爲了教我不覺得那麼孤單，我只企盼行刑那天能聚集許多觀衆，以充滿憎恨和厭惡的叫囂來送我最後一程。

Albert Camus
卡繆年表

麥田編輯部整理

生前

一九一三年　十一月七日生於法屬阿爾及利亞，父親Lucien Auguste Camus爲阿爾及利亞法國移民第二代，母親Catherine Hélèn Sintès則爲西班牙移民。

一九一四年　父親Lucien Camus死於一次世界大戰馬恩河之役。

一九一八年　入培爾克公立小學就讀。

一九二三年　通過畢業會考，入阿爾及爾中學就讀；爲紀念卡繆，該校已改名爲阿爾貝・卡繆中學。

一九三〇年　入阿爾及爾大學，就讀哲學系。染上肺結核。

一九三四年　與Simone Hié結婚。Simone Hié出身上流社會，爲成功的眼科醫師之女，卻染有藥癮。後因Simone Hié以性交向一名醫師換取藥品，兩人遂告仳離。

一九三五年　工人劇院創立。獲哲學學士學位。

一九三六年　與Simone Hié離婚。

一九三七年	出版《非此非彼》（*L'Envers et l'Endroit*）。
一九三八年	出版《婚禮》（*Noces*）。
	加入《阿爾及爾共和報》（*Alger-Républicain*），成爲記者。
一九三九年	工人劇院結束營業。
	志願加入法軍，但因健康問題遭拒。
一九四〇年	與數學教師Francine Faure結婚。
	發表一篇有關阿爾及利亞穆斯林處境的文章，因而丟了工作。
	赴法國任《巴黎晚報》（*Paris-Soir*）記者。
一九四一年	投身法國抵抗運動，反抗納粹德國。
一九四二年	出版《異鄉人》（*L'Étranger*）。
一九四三年	成爲地下刊物《戰鬥報》（*Combat*）編輯。
	結識沙特。
一九四四年	雙胞胎兒女Catherine Camus與Jean Camus出世。
	出版《卡利古拉》（*Caligula*）、《誤會》（*Le Malentendu*）。
一九四七年	出版《鼠疫》（*La Peste*）。

一九四八年　出版《戒嚴》（*L'Etat de siége*）。

一九四九年　出版《正義之士》（*Les Justes*）。

一九五〇年　出版《時事論集一》（*Actuelles I: chroniques 1948-1953*）。

一九五一年　出版《反抗者》（*L'Homme révolté*），書中對蘇聯與共產黨的抨擊導致與沙特決裂。

一九五三年　出版《時事論集二》（*Actuelles II: chroniques 1948-1953*）。

一九五四年　出版《夏日》（*L'Eté*）。

一九五六年　出版《墮落》（*La Chute*）、《修女安魂曲》（*Requiem pour une nonne*）。

一九五七年　出版《放逐與王國》（*L'Exil et le Royaume*）。出版《斷頭臺的回憶》（*Réflexions sur la guillotine*）。榮獲諾貝爾文學獎。

一九五八年　出版《時事論集三》（*Actuelles III: chroniques 1939-1958*）。

一九五九年　出版《附魔者》（*Les Possédés*）。

一九六〇年　出版《抵抗、反叛與死亡》（*Resistance, Rebellion, and Death*）。一月四日死於車禍。

逝後

一九六二年　《札記一》（*Carnets, tome1, Mai 1935-Février 1942*）出版。

一九六四年　《札記二》（*Carnets, tome 2, Janvier 1942-Mars 1951*）出版。

一九七一年　《快樂的死》（*La Mort heureuse*）出版。

一九八九年　《札記三》（*Carnets, tome 3, Mars 1951-Décembre 1959*）出版。

一九九五年　《第一人》（*Le Premier homme*）出版。

一九五〇年一月。
卡繆與劇作家Jacques Hébertot在劇院共同觀看《卡利古拉》的排演。
Copyright © Lipnitzki/Roger Viollet

一九五五年一月。
卡繆在出版社辦公室外陽台上。
Copyright © Time Life Pictures

一九五九年一月。
菸不離手的卡繆。

GREAT! 04 **異鄉人**
L'étranger by Albert Camus
First published by Editions Gallimard, Paris, 1942

作　　者	卡繆Albert Camus
譯　　者	張一喬
責任編輯	祁怡瑋（初版）、陳瀅如（二版）
排　　版	浩瀚電腦排版股份有限公司
編輯總監	劉麗真
事業群總經理	謝至平
發行人	何飛鵬
出　　版	麥田出版 地址：115台北市南港區昆陽街16號4樓 電話：(02)2500-0888 傳眞：(02)2500-1951
發　　行	英屬蓋曼群島商家庭傳媒股份有限公司城邦分公司 地址：115台北市南港區昆陽街16號8樓 網址：http://www.cite.com.tw 客服專線：(02)2500-7718｜2500-7719 24小時傳眞專線：(02)2500-1990｜2500-1991 服務時間：週一至週五09:30-12:00｜13:30-17:00 劃撥帳號：19863813　戶名：書虫股份有限公司 讀者服務信箱：service@readingclub.com.tw
香港發行所	城邦（香港）出版集團有限公司 地址：香港九龍土瓜灣土瓜灣道86號順聯工業大廈6樓A室 電話：+852-2508-6231 傳眞：+852-2578-9337 電郵：hkcite@biznetvigator.com
馬新發行所	城邦（馬新）出版集團【Cite(M) Sdn. Bhd.】 地址：41, Jalan Radin Anum, Bandar Baru Seri Petaling, 57000 Kuala Lumpur, Malaysia. 電話：+603-9056-3833 傳眞：+603-9057-6622 電郵：services@cite.my
麥田部落格	http:// ryefield.com.tw
印　　刷	前進彩藝有限公司
初　　版	2009年9月
二版1刷	2016年1月
二版39刷	2024年5月
售　　價	220元
ISBN	978-986-173-545-0

國家圖書館出版品預行編目資料

異鄉人 / 卡繆（Albert Camus）著；張一喬譯. -- 初版.
-- 台北市：麥田出版：家庭傳媒城邦分公司發行, 2009.09
面：　公分：--（GREAT!；4）
譯自：L'étranger
ISBN 978-986-173-545-0（平裝）
876.57　　98012318

城邦讀書花園
www.cite.com.tw

Printed in Taiwan.
本書若有缺頁、破損、裝訂錯誤，請寄回更換。

cite城邦媒體 麥田出版
Rye Field Publications
A division of Cité Publishing Ltd.

廣　告　回　函	
北區郵政管理局登記證	
台北廣字第000791號	
免　貼　郵　票	

英屬蓋曼群島商
家庭傳媒股份有限公司城邦分公司
104 台北市民生東路二段141號5樓

▼

請沿虛線折下裝訂，謝謝！

文學・歷史・人文・軍事・生活

麥田出版
Rye Field Publications

編號：RC7004　　書名：異鄉人

讀者回函卡

cite城邦媒體

※為提供訂購、行銷、客戶管理或其他合於營業登記項目或章程所定業務需要之目的，家庭傳媒集團（即英屬蓋曼群島商家庭傳媒股份有限公司城邦分公司、城邦文化事業股份有限公司、書虫股份有限公司、墨刻出版股份有限公司、城邦原創股份有限公司），於本集團之營運期間及地區內，將以e-mail、傳真、電話、簡訊、郵寄或其他公告方式利用您提供之資料（資料類別：C001、C002、C003、C011等）。利用對象除本集團外，亦可能包括相關服務的協力機構。如您有依個資法第三條或其他需服務之處，得致電本公司客服中心電話請求協助。相關資料如為非必填項目，不提供亦不影響您的權益。

□ 請勾選：本人已詳閱上述注意事項，並同意麥田出版使用所填資料於限定用途。

姓名：＿＿＿＿＿＿ 聯絡電話：＿＿＿＿＿＿

聯絡地址：□□□□□＿＿＿＿＿＿

電子信箱：＿＿＿＿＿＿

身分證字號：＿＿＿＿＿＿（此即您的讀者編號）

生日：＿＿年＿＿月＿＿日 性別：□男 □女 □其他＿＿＿＿

職業：□軍警 □公教 □學生 □傳播業 □製造業 □金融業 □資訊業 □銷售業

□其他＿＿＿＿＿＿

教育程度：□碩士及以上 □大學 □專科 □高中 □國中及以下

購買方式：□書店 □郵購 □其他＿＿＿＿＿＿

喜歡閱讀的種類：（可複選）

□文學 □商業 □軍事 □歷史 □旅遊 □藝術 □科學 □推理 □傳記 □生活、勵志

□教育、心理 □其他＿＿＿＿＿＿

您從何處得知本書的消息？（可複選）

□書店 □報章雜誌 □網路 □廣播 □電視 □書訊 □親友 □其他＿＿＿＿＿＿

本書優點：（可複選）

□內容符合期待 □文筆流暢 □具實用性 □版面、圖片、字體安排適當

□其他＿＿＿＿＿＿

本書缺點：（可複選）

□內容不符合期待 □文筆欠佳 □內容保守 □版面、圖片、字體安排不易閱讀 □價格偏高

□其他＿＿＿＿＿＿

您對我們的建議：＿＿＿＿＿＿

＿＿＿＿＿＿